旅立った妻への想いと命の連帯への祈り

命に善いものは美しい

出会った頃のふたり

矩子

恒健

ふたりで空へ

スチュワデスだった頃の矩子

雑誌の表紙になった
岡留機長

ローマ、トリトーネの噴水前で

イタリア、ローマ駐在中に遊ぶ

ヴェニスでのゴンドラ観光

アテネのディオニューソス劇場、シーザーも座った？貴賓席での矩子

パリ、モンマルトルの丘

序　岡留矩子さまのこと

比企　能樹（北里大学名誉教授）
寿美子（日本ペンクラブ会員）

八月のローマの空は、抜けるように高く、濃い蒼色で、美しい。

一九六七年の夏、私たちは留学先の北ドイツから家族を伴って南下する休暇旅行を企てた。とは言ってもその頃は、一ドルが三六〇円の換金率で我が家の台所事情は本当に厳しかったことと幼い子供連れの故、空路はローマまでのみ飛び、後は列車を乗り継いでイタリアからオーストリアへ回る予定を組んだ。宿泊は学生向けのペンションと言われる宿にとった。

当時さして多くなかった在ヨーロッパの私たち日本人留学生たちは、お互いに連絡し合いその地を訪問する時は面倒をみあったのだが、イタリアに知っている仲間は無く海外に強い妻の父に泣きついた。

「ローマに行くなら日本航空のローマ支店には岡留恒健君がいるので連絡してご覧、私からも手紙を書いておこう。彼はテニス仲間（！）だから」

「えっ！　あの岡留さん」と、デビスカップに出場したわれわれ世代のスターの名に驚き、テニス仲間という父にも驚いた。第二次大戦直後に福岡市にオープンした九州ローンテニス倶楽部は確かに父が熱心に通ったコートで、そこで可愛いが凄腕のテニスをする中学生と出会い「俺が彼の壁になってやった。それが後のデ杯選手だ」と自慢していたのを思い出す。もっともご本人の岡留さんは壁になって貰ったことは全く覚えてない。その情報を溺れる者が藁を掴むように大喜びした私たちは早速岡留さんに手紙を出した所、生憎その日時、操縦士として勤務中でローマには居ないとの事であった。

到着の翌朝、私たちの安宿にローマの空から抜け出たような美しい一人の女性が舞いおりた。それこそが岡留夫人の矩子さんであった。つばの広い大きな素敵なお帽子の陰には、切れ長な目の微笑みがこぼれている。

「岡留は勤務中ですが、良ければ今日一日、ローマ市内をご案内しましょうか」と仰る。実はこのローマという歴史の街をどうやって観ようかと途方に暮れていた私たちは、カトリックの大本山でマリア様に出会った思いで、矩子さんのご好意にすがることにした。

歴史好きな妻が読みふけっていた旧ローマ市内を歩き、コロセアムの前に行き着くと矩子さんは、馬車を頼んで私たちを乗せて下さった。

「お子さん方も楽しまれるかしら」と、再び微笑んで手を振ってパカパカという馬の蹄の音が遠のくのを立ち止まって手を振り、送って下さる。本当に有難く、子供もろとも観光をすることが出来た。

早めに切り上げてホテルまで送って頂く道々、妻が極寒の北ドイツ用の靴をイタリア風のサンダルに履き替えたくなり、靴屋さんに寄って貰った。ウインドウで目を付けたサンダルを購入しようとハンドバッグに手を入れた妻の腕を軽く押さえて、矩子さんが日本語で囁いた。

「言い値で買っては、イタリアはダメなのよ。値切りましょう」と、靴屋さんと交渉の結果、約半額でサンダルは妻の足に納まった。矩子さんは今後、当地で物を買う時は必ず値切る事と、そのイタリア語の「もっと安く」という言葉と仕草まで、繰り返し教えて下さる。この後、妻が忠実にこれを実践した事は言うまでもない。

それからずっと矩子さんにはお目に掛かることは無く半世紀近くが過ぎた。そして再会の日を、新宿で迎えることができた。その日も大きなつばのお帽子を被った矩子さんは岡留さんの力強い手に引っ張られて、ホテルロビーのカフェテラスで待つ私たちの眼の前に再び来て下さった。時を過ぎて矩子さんは、そのお顔に皺を様々と刻まれても、あの時と変わらず美しく、夫君のご説明の言葉を聴きながら、じっと私たちを見つめるお顔は、全てを思い出しておられる様だった。ご夫妻が介護する側とされる側になられてこの日に至った経緯は、逐一岡留さんから伺っていたので、矩子さんの変調と岡留さんのご苦労に格別に驚くこと無い。私たちはようやくあのローマの日々のお礼を、大変に遅まきながら心を込めて口々に述べる事ができた。

軽い食事をとりながら、ビールを飲む間、矩子さんは何かに思いを馳せようと私たちから目を離されなかった。やがて「お手洗いに行きたい」と仰ったとき、妻が「女性同士だから、ご一緒に」と手を差し出すと、矩子さんは何のためらいもなく妻の手を握り、二人は席を立つ。

一階上にある手洗いに向かうエスカレーターに乗った矩子さんは、ロビーの天井から華やかに飾り付けられた巨大なシャンデリアに、満面に喜びを湛えられた。その後計三回も、矩子さんのトイレ通いがありカフェに残っていた岡留さんと私はちょっと心配になったが、妻が「大丈夫、トイレが目的ではないの。エスカレーターからの眺めのシャンデリアが、キラキラしてて、とてもお気に召したのよ」とにっこりと頷いてみせた。二人は会えなかった空白の時を感じさせない親友の様に、手を取り合い、カフェを出て行った。

それから私たちは矩子さんと会う機会はなかったが、何時もいつもご夫妻のことに思いを馳せていた。岡留さんが矩子さんの事を書くよと筆を起こされたことを知って、きっと素晴らしいご本ができるだろうと待っている。

夫君の夢枕に素敵なお姿で立たれると思う。

「矩子さん、ビール一緒に飲んでお話もして上げて下さいね」

命に善いものは美しい

——旅立った妻への想いと命の連帯への祈り

岡留恒健

ふたりの祈り

つづく世代の命たちに
より劣化の少ない生命圏が
残りますように

恒健
矩子

目次

はじめに

妻は微笑みを絶やさず私と伴に、一五年もの長い年月をアルツハイマーの病と闘った。そして力尽き、八三歳で私を残して旅立って逝った。

私は、環境庁もまだなかったころ、中央官庁や国会議員に訴えて以来の、私の飛行士としてのライフワーク、「空から観た生命環境の危機」を世界に訴えたく、意気投合した幻想的なアニメで世界のグランプリを取った作家と、著名なプロデューサーに身魂を託し、アニメの制作を依頼した。

作品には、続く世代の命の幸せを私と伴に祈っていた証として、妻の名も載ることになっているので、完成までは妻に生きていて欲しかった。

私は以前の著書、『永い旅立ちへの日々』の中にも妻のことを書いていた。その妻が他界したので、妻への想いを一気に書きおろすつもりだったけれど、幾つかの項はそうはならなかった。

妻への私の心を書こうとすると、前の著書と重なる項がでる。一度懸命に書いた私の心を、別の表現で書いたら不自然な文章になった。それでその項は、変化があった部分を修正し、加筆したりして書くことにした。

妻と私の性格は慎重と行動派と大きく違っていた。最善の夫婦をめざしたが、この性格の違いが壁となり、一抹の寂しさが漂い消えてくれなかった。違いを理解し合わないまま、赦し合って生きるのも可能だが、私は二つの独りのままで終わりたくはなかった。

転機が訪れたのは、美しい山々に囲まれた里村に引っ越した後だ。里村で日々移り行く自然を観ているうちに、妻が新しく生きる悦びを悟ったのだ。この妻の心の「回心」ともいえる変化によって、二人の性格は違っていても、生きる境地が一つになった。

「水とみどり豊かな自然の中に、他の命と伴に生きる悦び」。これが性格の違う妻と私が悩み求めて一緒に歩いた、心の旅路が行き着いた境地だった。

この本を読むと、「地球の循環」の流れに沿って他の命と「連帯して生きる」私の命への想いが浮かび上がると思う。

循環と連帯に沿った生き方は、大昔からの命の「掟《おきて》」であり生きる悦びなのだろう。この数百年、人類だけが科学技術で「掟」に対抗して生きてきたが、その生き方が地球の循環を破壊し、命との連帯の本能を失わせている。

私は人の脳はほかの命と伴に生き、伴に繁栄するために与えられた、との想いをつづく世代に託し、妻につづいてこの世を去りたい。

「付記」として最後に、私のライフワーク、「空から観た生命環境の危機」の基礎知識を、中学生にも分かるように努めて易しく書いた。数回読めば報道や世界会議の内容も理解できるようになると思う。

現代社会の「諸悪の根源に貧富の差」がある。大量消費と環境破壊と世界の紛争は、貧富の差を介して連動している。

この生命圏の危機を前に人類に必要な生き方は、「人類の連帯の絆」を取り戻して「貧富の差」をなくし、競争ではなく分かち合いの「福祉の世界」を目指すことにあると考える。ほかに路があるとは思えない。

あるとしたら自国や自分だけで生き残る路だろう。それでは、命の連帯の心を失った人類だけが生き残り、続く世代の命たちを更に苦しめるだろう。

今一つの付記として、私は妻の介護を通して思い立ち、貧富の差の少ない福祉の先進国スウェーデンの政策を書いてみる気になった。

スウェーデンはそれでいて、生産性でも富裕国の上位にいる。これは福祉制度が国の経済の繁栄を妨げていない証といえる。

福祉国は税が高いと言われるが、減税を公約にした政党が選挙で敗北した。税を減らされたら福祉を削られるのが心配、というのがその理由だそうだ。

これでも分かるように、税金を払いたくなるような政策が採られている。

私は生命圏の危機を前に、それを政策の紹介というよりは、分かち合う心、「福祉の心」として紹介した。

旅立ちの日 ―― 妻との約束

「病み呆けて寝たままでも、微笑みで周りの人を幸せにできるのね」、と妻の矩子《のりこ》が嬉しそうに私に言った。

これは矩子が遠くの施設に入っている母親を見舞いに行っていた頃、同じ施設のベッドに寝たままの老女の微笑みが、周りの介護の人たちを明るく喜ばせているのを見て、私に言った言葉だ。

その矩子の母も他界し一〇年余の歳月が経ち、矩子と私が七〇歳に届く頃、都会を離れて念願だった美しい山々に囲まれた里村に移り住んだ。

ところが頃を同じくして、妻の矩子がアルツハイマーの病に侵されてしまったのだ。病はじりじりと進んだが、矩子と私は医師の暖かい擁護のもと、心優しい村人たちに見守られながら、穏やかに過ごすことができた。

矩子と私はアルツの病が進んでも、あのお婆ちゃんを想い出し、周りの人の幸せを願いながら、「最後の旅立ちの日まで微笑んで生きていこうね」、と約束し合ったのだ。

寝たままでも微笑んでいるだけで、ほかの人を喜ばせ和ませ得るのを学んだ矩子と私は、微笑むことが日々を生きる悦びの一つになった。

嬉しかったのは、美しい山々に囲まれ、水とみどりと命豊かな里村に暮らす内に、矩子が「自然の中にほかの命と伴に生きる悦び」を知り始めたことだ。「ほかの命の幸せの中に自らの悦びを求める境地」、と言ってもいい。

やがて時が経ち矩子のアルツの病が進み、人一倍丈夫だった脚も弱り始め、遂に八〇歳の時に転倒骨折し、その時は三だった介護度が一気に五になり、矩子は寝たままになってしまった。

それでも二人は励まし合い、「朗々介護」で一年近く頑張ったけれど、立てない矩子を抱えて私は腰を傷め、追い詰められていった。

そこに運よく近くに新しいグループホームができ、介護度五にも拘わらず入居させてもらえて、何とか危機を回避できたのだった。

矩子はグループホームの明るい個室で、ホーム独特の自由で温かい介護に抱かれて微笑みを絶やすこともなく、私も毎日通って矩子の傍に居るので、自宅にいる時よりも快適で、二人には幸せな日々が続いていた。

しかし病は進みホームに入ってから一年半、怖れていた認知症性の誤嚥が始まった。口からの食べものが気道に入り、肺炎を起こし始めたのだ。

これは寿命が尽きた状態と言える。それでもなお一年、懸命な医療と介護によって矩子は明るく微笑みを絶やすことがなかったが、発病以来一五年、八三歳で力尽きた。

「最後の日まで微笑んでいようね」、と私と交わした約束を本当に守り、矩子は当日も介護の方と私に嬉しそうに微笑んでから眠りに就き、そのまま静かに旅立って逝った。

夜が明けても、私と握り合っていた矩子の手は温かいままだった。こよなく愛しい妻だった。

出会いは不自然だった

矩子が日記に書き残しているように、「私たちの出会いは不自然だった」。私が会社に入り二年くらい経った頃、会社の先輩から賑やかな女性が居ると誘われて、訪れた先に待っていたのはお喋りが大好きな、著名な音楽学校のピアノ教師で、三人姉妹の長女だった。

先輩が言ったように、少しお酒が入っただけで、部屋が賑やかになった。そこに帰ってきたのが、末っ子の矩子だった。

「昼間から何よあなたたち……」、これが矩子の発した第一声だった。そのときの矩子の印象は、私には少し高慢に映ってみえた。

矩子は日頃から、姉の賑やかさに反発している様子だった。しかしお酒が嫌いではないらしく、場を白けさせることなく適度に付き合ってくれたのは、矩子はまだ学生であり、畳敷き二部屋の小さな家なので、賑やかなお酒の隣の部屋では勉強もできない状況だったからだろう。

私も、多分矩子も、恋の相手にはなりそうにないので、気楽に話しかけて過ごした。

少し分かったのは、真面目に授業に出て勉強し羽目を外さない、矩子はいわば正統派の人間だった。一方、学生だった頃の私は、友人からは「非常識」のレッテルを貼られ、体育会に属し練習で授業は眠く、試験期には大慌ての状況だったので、矩子と話がかみ合うとは思えなかった。

その後も賑やかなお酒に誘われて遊びに行っていたが、先輩に用事が入り、長女はお手伝いさんと出かけていて、矩子が相手をしてくれたのが、後から想うと二人だけでの最初の出会いだった。

生き方に相当のズレが在りそうな矩子と私、そのとき何を話して過ごしたのか、今は記憶が薄れてしまった。

ピアノ教師が私に付けたあだ名は、「猪突」だった。

最後まで不思議だったこと

矩子が旅立ってしまった今、私は毎夕、食事のときに矩子の骨の壺を前にグラスを二つと写真を置き、ビールやワインを飲みながら話しかける。「慎重な矩子さんが、なぜ僕には無防備だったの？」と。写真の中の矩子はただ微笑んで私を見ている。

話しかけると色々な場面が矩子の顔と伴に鮮明に浮かび、気持ちを押さえないと涙でお酒に際限がなくなる。

このようなとき、なぜか聴きたくなるのが寂しい歌や調べだが、共感するほど悲しさが増すので聴くのをやめた。しかし悲しみは押さえないで精一杯に受け入れるのが、矩子の心にたいしても素直な気がする。

「矩子さん、お化けでいい、夢でもいいから出てきてよ」。夢は夢の中では現実だから、毎日現れてくれたら一緒にいるのと同じで寂しくないはずだ。

もうずいぶん前から、私は矩子を「サン」付けで呼び、矩子には「恒健《こうけん》」、とサン抜きで呼ばせていた。

アルツの病が進んでしまう前に、大切なことは話し終えておきたく、思いつくことは何でも話題にしていたので、「死んだら幽霊になって出ておいで、喜んで抱きしめてあげるから」、とそんな約束までしていたのだ。矩子の骨に話しかけていると、旅立った後にも絆が強くなる想いがする。

私は今も毎日、矩子が生きていた頃と変りなく、目蓋の中に微笑んでいる矩子に、独り話しかけて過ごしている。

多くが言うように本当に天国があるのなら、私のライフワークが終わったら直ぐにも会いに行きたい誘惑にかられると思う。

振り返ると、私は授業の単位を落としたことはないが、それは私を心配してくれる学業優れた親友が傍に居たからだ。私はそんな新米社会人だった。

そのような私を矩子から誘うとは思えないから、お酒が嫌いではないと分かった矩子を私が誘ったのだろう。誘えばなぜか素直に付き合ってくれるのだった。

そして、私と一緒にいる時の矩子は、最初の印象とは違い私の議論にも逆らわず軽蔑の色も見せなかった。私は医者の両親、特に父親から武士の生き方を旨とする教育を受けていたので、悪口を言ったり機嫌を取ったり、見栄を張るのを恥じとしていたから、お酒話も続いたのだろう。

私を知る前の矩子は、友人によれば学校でも言い寄る男たちに泰然としていたそうだし、ピアノ教師の知人のヨーロッパの著名なオーケストラの若い演奏者や男たちからの、英語やドイツ語での猛烈な攻勢にも陥落しなかった、と読める多くの手紙と、それへの返事の下書きが残っている。

矩子の英語とフランス語は教師の免状を持つ程だが、ドイツ語には困ったらしく、その手紙に辞書を引いての多くの書き込みを残している。

私の驚く矩子の性格の一つは、何でも捨てずこの手紙の様に大切に整理して残して置くことだ。矩子の持ち物は旅立ちの後にかなり処分したけれど、手紙を読むと私の知らなかった矩子の心も解かるし、全部捨てるのは矩子の心を捨てるようで、私にはできないでいる。

残された手紙や日記を読むと、男の心には人一倍慎重だったようだ。その矩子が、私と二人だけでお酒を飲むことになぜ無防備だったのか。

私が矩子に誇れるとしたらテニスの戦績くらいだが、興味がなさそうなので私からは話さなかったし、その後も家族の話題にはならなかった。

数一〇年後、里村に引っ越したときに、丸まって出てきたテニスの賞状を矩子が見て、賞状の内容と私が結び付かないのか、不思議そうに私の顔と見比べた。矩子から見た私と、運動選手が重ならないのだろう。

出会った頃の日記に、私のことを「今まで受けた愛とは違った、知らなかった愛の形」と書いてあった。意味は分からないが、その変わった形の愛に惹かれたのなら、二人の間は直ぐにも破綻したはずだ。

それが六〇余年も続いたのは、矩子の性格として私からみると更に一つ、異様なほどの我慢強さがあったからだ。それに私の小学校の頃の「執念」という奇妙なあだ名が示すように、希望を捨てない性格が伴ったからだろう。

「恒健と一緒に暮らすのは大変だけど、恋人としては最高よ」、と友人たちに言っていたそうだ。矩子は私を夫としてではなく、「生涯の恋人」のままにしておきたかったのだろうか。

私と一緒になって以来、矩子が心の底から幸せに包まれたのは、美しい山々に囲まれた里村に移り住み、水とみどりと命豊かな自然の中で、生きる悦びに眼ざめた矩子の心に、「回心」ともいえる変化が起きたときからだと想う。

「こんな幸せは初めて知った」、とその嬉しさを、矩子は眼を輝かせて私に伝えたのだった。

しかし私からすると、矩子が私と自然の中で生きる本当の幸せを知るまでの歳月が長かったので、「終わりよければみんないい」、という気持ちにはなれないでいる。

もし多くが言うように別の世があるのなら、もう一度会って短かった幸せの日々の穴埋めをしてあげたい。

旅立つ前の誕生日に、「矩子さん、六〇年も一緒にいてくれて有難う」と、大きく書いて渡したら、にっこり頷いて微笑んでくれた。

矩子が愛し持ち歩き、読み込んでボロボロになってしまった私の著書と、半世紀来の親しい友人夫妻が矩子に贈ってくれた可愛い本を、この誕生日祝いと一緒に棺に入れてあげた。

二人で空へ

私は幼い頃、学校が済んだらそのまま近くの森に行って、小鳥さんや小さな生きものたちと遊ぶのが好きだった。そのころはまだ、世界の人口も今の四分の一くらいで、都会の周りに森が残っていたのだ。

他の生きものと話ができたら何と素敵なことだろう。私は小鳥の声の意味も或る程度解ったし、口笛や手笛の練習で呼び寄せることもかなりできていた。年老いた今は、歯に隙間があり鳴き真似ができないでいる。

私の夢は遊園地にあるような広い大きな金網の中に、小鳥さんやリスさんたちと一緒に住んで遊ぶことだった。今もそうだ。中に居れば天敵に襲われることなく、小さな生きものたちには楽園なのだ。

私は自分でも空を飛びたくて、大きなウチワを腕や尻に結び付けて、高い所からバタバタと飛び降りて、足を挫いて学校を休んだりしていた。

夢の中でも私は数度、空を飛んだことがある。その気持ちのいいこと。飛びながら私は「これは夢の筈だけど実際に飛んでいるのだから夢ではない」と思いながら深い谷の上空を飛んでいた。

ところが戦中戦後に食べ物がなく、小鳥さんまで食べた事への悲しみが残った。「食育」の機会に先ず何よりも、「食べものは命」と教えて欲しい。

戦後は遊ぶものもないので、子どもたちは道具をあまり必要としない陸上競技やラグビーや、親からもらったグラブで野球に熱を上げていた。

私は偶々郷里で開催された国民体育大会の会場で観て、憑りつかれたのがテニスだった。

その頃のテニスの選手の夢は、デビスカップの日本の代表になることだった。高校以来、私は幾つかの日本のタイトルを取りその夢を実現できた。

少し付記すると、夢が実現して直ぐ、私は深い虚無感に陥ってしまった。その夢が人の幸せのためではなく、自分だけのものだったからだ。

卒業が近くなり空を飛びたかったのを想い出し、飛行機の傍に居たくなって航空会社の地上職に就職した。そして或るとき小型機の離着陸訓練に乗せてもらったことで、空を飛びたいという私の夢に再び火が点いてしまった。

それからは、今想うと微笑ましいとしか言いようがないが、運航部長の出勤を待って毎朝のように「お百度を踏み」、私を操縦士にしてくれるよう願い出たのだ。

それを知った小型機の離着陸訓練に乗せてくれた操縦教官や、小型機整備会社のテストパイロットや、航路の機長や航空士までが私を応援してくれた。その結果、部長がとうとう根負けして、「煩くて堪らんからやらしてやれ！」ということで、私の大空への夢が本当に叶ってしまったのだ。応援してくれた人たちを想い出すと胸があつくなる。

その頃に知り合ったのが矩子だった。矩子の卒業が近くなり、出来の良くない私が、矩子の卒業論文の基本的な内容にも私の考えを述べたり、文章の添削をしたりした。これは互いの心を添削し合ったことにもなる。

矩子は卒業後も勉強をしたかったようだが、何でも行動を一緒にしたがる私の希望を入れて、その頃は珍しかったスチュワデスになってくれた。

　私の空への素敵な夢はほかにもあった。それは、一生連れ合いたいと思い始めた矩子と一緒に、小さなプロペラ機を操縦して世界一周をすることだ。大きな困難を乗り越えることで二人の心の絆を強く固くしたかったからだ。

　その頃の小型機は、戦争前と殆ど同じ性能で、自動操縦も飛んでいる位置を示す精密機器もなく、有るのは無線やラジオ局の方向を大雑把に探知する機器くらいで、電波が届かない広い海の上では、波を見て風の方向と強さを推測し、夜は星を見て位置を推測しながら、速度の遅い小型のプロペラ単発機に燃料の増槽タンクを付けて飛んで行くのだ。

　一〇時間以上も続けて飛べば眠くなる。その時に備えて矩子にも小型機の操縦を教えようとした。私がうたた寝している間、真っすぐ飛んでくれたらいい。地上との連絡もしてもらおうと通信士の免許を取らせた。多分矩子は日本での、或いは戦後初めての女性航空通信士なのだ。

　二人で乗る小型機は、一回きりの世界一周飛行が可能な程度に整備された、アメリカに沢山並んでいる安い中古機の使用を私は考えていた。

ところが私の夢を知った、テニスで知り合った大企業の役員が興味を示してくれたので、夢が実現に向かってさらに膨らんだ。

「想い続けていればいつの日か実現する」、と思いながら私は生きてきた。テニスでもエベレストでも、航空機にマークを付けてのユニセフ支援でも、半世紀来取り組んでいる生命環境の危機問題でも、私が走り出すといつも、不思議なことに援けてくれる人が現れた。私は何と幸せな人間だろう。

会社は私のユニセフ活動を三〇年近く応援してくれたし、エベレスト登山は流石に困ったようだが、私のことを「お前は昔の剣豪みたいな人だな」、と言って壮行会までしてくれた。

友人のスキーウェアの社長は私がエベレストで凍死しないようにと、高質で温かい防寒服を作ってくれた。皆、私の大切な人であり会社であり生涯の恩人たちだ。

しかし矩子と私の小型機での夢は、慎重な性格の矩子には突飛すぎて心が揺れている。両親を心配してのことだろう。

私は危険を吹聴する書き方を好まないが、小型機の性能は昔の冒険飛行の頃と殆ど同じなので危険は大きい。夢の達成には二人の心が目標に向かって燃えていなければ難しい。色々な壁の前に、この夢は実現しなかった。

けれど、矩子が現実に航空免許をとったのは、一緒に夢を実現する覚悟があったからだろう。

矩子が旅立った後、遺品の中から大切に保管された「航空通信士」の免許が出てきたことでも、覚悟のほどが偲ばれて愛おしい。この免許は大型機の機長と同じものだ。

やはり遺品の中に、今も矩子に代り私の酒のお相手をしてくれる、姪っ子から矩子への手紙が残っていた。この姪は、矩子のすぐ上の姉の娘で、家族で親しく行き来している。

気恥ずかしいが、この手紙は私の子どもたちの心をも、よく代弁しているように想えるので書いておく。

「恒健おじちゃんは、本当に尊敬できる素敵な私のおじさんですが、お父さんでなくてよかった」、とあった。

私の究極の夢はこの宇宙でたった一回同士の命と命が出会い、地球の素晴らしい命の楽園の中、矩子と私は多くの命たちと伴に生き、その幸せを願いながら、与えられた雌雄の日々を謳歌することにあった。

なぜ高い山に登るのか —— 本能と愛の心の狭間で

「なぜ高い山に登るのか」、私はその答えを「命の連帯」に見つけた。「命には連帯しながら生命圏を広げようとする本能がある。その本能の囁きに導かれて高い山に登るのだ」。私はこのことを酸素器具を使わず登った、エベレスト八千メートルの、最終テントに独り氷雪の中で確信した。

最初の一つから分かれた夫々の命は、連帯しながら海の底から高い山の上まで、生きる場所を求めて散って行った先の環境に順応するために、色々な種に分かれて地球の隅々に広がって行ったと考えられる。

夫々の命の旧い脳に、「命には連帯する本能がある」と思うと、周りに見る生きものたちの営みが愛おしくなる。

矩子がアルツハイマーの病に侵されたこともあって、私は脳のことを考える時間が多くなった。それに伴い私が気になっていた愛や赦しの心と、本能の関係を想うようになった。

新しい大きな脳を持つ人類は、他の生きものより高等だと多くは言うが、人類は生物として本当に進化しているのだろうか。

数一〇億年の昔から一貫して、命が連帯して繁栄してきたのを考えると、生物の同種の間で最も殺し合いの激しい、人類の知的行為を不思議に思う。

大脳のかなりな部分は、兵器の精密化と高額化と貧富の差の拡大のために使われているように思える。

人の脳は人類だけのものではなく、他の命と伴に生き伴に繁栄するために与えられたものと私は想いたい。

脳の解剖図を眺めると、新しい大きな脳が旧い脳を包み込み、旧い脳を支配下に置いているように見える。そのために新しい大きな脳の「心」と旧い小さな脳の「本能」とが衝突し分裂し、心や体が病み、人は多くの悩みや苦しみや、体の病を抱えることになったのだろう。

その結果、旧い脳にある大切な「連帯の本能」が薄れて、人類は他の命との連帯からも遠去かり、人間の絆も薄くなって、孤独という実存の寂しさが生じる。この寂しさを宗教では「原罪」というのだろうか。

寂しければ消えかかった本能が疼き、「連帯への郷愁の心」となって、命の絆を取り戻そうと悩む。その郷愁の心が「愛」ではないだろうか。

けれども寂しくなって生じた「愛の心」は、本能ではないから相手の脳には簡単に通じない。そこに葛藤が起きる。

例え葛藤があっても理解し合う心があれば孤独で悩む必要はない、と私が簡単に考えていた矩子との私の夢は、命の本質として人類から消えかかっている「命の連帯の心」を求めつづけるという、矩子と私の、長い歳月をかけての、心の旅路だったのだ。

矩子との心の遍歴と葛藤

違った環境に生きてきた男女は性も性格も異なり、初めて向き会った時、相手の心は未知の世界なので、二人は二つの孤独の存在だ。

人には夫々夫婦の在り方への想いがある。昔の武士の心に沿った、父親の厳しい愛のもとに叱られながら育った私と違い、矩子は親の愛に柔らかく包まれて育ち、叱られた記憶はないそうだ。

その矩子が夫婦の在り方を、「仲の良い友だちみたいな夫婦ではいけないの」と私に言ったのだ。あまりにも単純な言い方に私は驚いたが、よく聞いてみると矩子は、思索した上での自分の考えを言っていた。

矩子の専攻は、哲学とフランス文学だった。それでフランスの、特に男の思想家の心の影響を受けているようだった。

フランスには自然の美を愛し自ら労働者となって働いた、私の好きな女性哲学者もいるが、矩子とは二人だけのことを話し、哲学の話はしなかった。

矩子は私とは、夫々の「心の孤高」を大切にしたいらしいのだ。人は孤独に生きて孤独に死ぬのだから、仲良く生きることで満足しなかったら一緒に住むのは難しいとの考えらしかった。

これは武士の生き方に近い。人はなぜ孤独に耐えながら生きようとするのか、心の弱さからの逃避ではないだろうか。気位の高さと見栄は、紙一重の関係にある。

私は相手の命を大切に想い、衒うことなく心を開いて相対し、理解し合いたいと求め合えば、生病老死という実存の苦しみに孤独で立ち向かうことはないと素朴に信じたい。

私は矩子とは逆に、父からは受けられなかった柔らかい母性的な愛を求めているのかも知れない。

この不思議な立場の逆転はどうであれ、互いの心に深い絆が育つまでには、様々な心の葛藤を乗り越える長い歳月が必要だった。矩子や子どもたちの心や感情は、熱意だけでは理解し合えないのを私は思い知ることになった。

人の心にも波長があるというが、その点で矩子と私の波長はかなりずれている。矩子は慎重な性格で、私が何かを始めようとすると、懸命にダイヤルを廻し合っても波長が合わず衝突した。

ヒマラヤの氷の中で私が得た「命には連帯する本能がある」という、命の在り方の根源、或いは「命の掟」と言える宝を胸に、早く日本に帰って矩子と子どもたちに私の悦びを伝えようと、いそいそと家路についたのだった。

しかし私の年齢から、死ぬと分かっていながら家族を捨てて登りに行った、と矩子は思っていたのだ。

短い生涯でせっかく出会った人を、自分から捨てるという贅沢な心は私には無い。それに、体は遠く氷の中に在っても心が遠くにあるとは思っていなかった。想い合っていれば横に居るのと同じだ。心は光よりも速いから。

「命の連帯」は凡ての命の営みの重要な礎であり、「循環する自然の恵み」への思慕と伴に、私の生き方の中核になっている。

なぜこうも大切な処で二人の心がすれ違うのか。次に書くのは矩子の遺品の中にあった、私が想い悩んで矩子に書いた手紙だ。そのままを書く。

「矩子さんと伴に、残り少なくなった日々をできるだけ多くの命たちの中に住み、他の命たちに命本来の在り方について教えを乞いながら過ごしたい。

何よりも自然の中で一番身近で大切な命としての矩子さんに、循環の中で命の本来の素敵な幸せに浸ってもらいたい。

そして多くの命たちの教えを、矩子さんと分かち合いながら過ごしたい。これが私の願いです。

エベレストよりも、もっと大きな私の本来の願いは、多くの命たちの中に矩子さんと一緒に住んで希望を求める生き方です。これは、矩子さんと縁あって一緒に生きてきた私の、究極の願いでもあります」。

日々何気なく、夫婦が優しくしたいと静かに想い合う境地になるまでには、どれくらいの歳月と理解が必要なのだろう。愛するがために葛藤し、傷つきながら労わり合い、そして諦めさえしなければ恋とは違い、費やしあった時間に比例して互いに大切な人に成っていく。

　矩子との心の葛藤を経て、幸せは心を添削し合い慰め合い、月日をかけて育てるもの、と私は思うようになった。

　もし、心に尺度があるとしたら、愛する心の尺度は、矩子や私の心に在る忍耐や執念ではなく、相手に希望を持ち続けている自分の心への信頼の深さ、或いは悦びの大きさにある、と思ったりする。

愛と理解と夫婦の誓い

心を理解し合うことで愛が芽吹き、心を開き心を受けることで愛は深まる、と私は思っている。

心で理解し合おうとしなかったら、性を交える「体の歓喜」に浸っても、二つの心は孤独のまま、大きな困難に出会ったときに、互いの孤独に気が付いて愕然とするだろう。

多くの夫婦を見ていると、「人は孤独」という考えは男に強いようだ。男が女性に恋し結婚し、性の本能が無理なく満たされると、本能の恋と理解の愛との違いを前に、幻想から目覚めて孤独に閉じ籠ってしまうのだろう。

それを想うと私は、一緒に居るのに孤独を強いられて悲しむ女性に加担したくなる。だけど現実は、妻に先立たれたら男の方が孤独に弱いようだ。

心の違いを認め合うのと孤独を認め合うのは、別の生き方と私には思える。

「みんなちがってみんないい」とは、色々な解釈の他に、違う心を分かち合い、より深く理解し合える「余地」がある、ということではないだろうか。

私は生活を伴にしながらも、この二つの孤高のことで心がすれ違うことの多かった矩子と、理解し合い心を添削し合い、より深い絆に結ばれた夫婦になりたかった。幸せの静寂は山の彼方ではなく、心にある孤高の壁の直ぐ裏にあると私は思っている。

理想に拘らなければ、矩子と私は、命として大切に想い合っている点では仲の良い夫婦だったので、崩壊するまでには至らなかった。

しかし出会って以来の矩子と私の間には、影のような寂しさが漂っていて消えてくれない。赦し合って一緒に過ごすことは可能だが、それでは孤高のままに終わってしまうだろう。

孤高を保ちほかの命の幸せを願って生きれば良いのなら、夫婦でなくてもできることだ。私が独り身ならそうするかも知れないし、それも一つの善い生き方だと思っている。

この宇宙の悠久のときの流れの中で、たった一回の矩子という一つの命との雌雄の出会いを、私は二つの独りのままで終わらせたくはなかった。

このように矩子と理解し合おうとする私の心を「愛への執着心」というのなら、誓いを立ててまで夫婦になる意味は何だろう。人類に薄れてしまった「命の連帯の心」を、ふたりで励まし合って取り戻し、続く世代に引き継ぐのが夫婦ではないのか。

一方で私は、深く考えなくても素朴な考えで善いとも思っている。

「今どこにいてどうしているか、寂しくないか幸せだろうか、と常に相手に心を向けているだけでいい」。約束はしていなくても、私は駅に迎えに来た矩子を見落とすようなことはしたくなかった。

妻であれ子どもであれ、他人であっても私は、相手の繊細な心の働きかけを敏感に受け取れるよう、常に心を開いて相手の心を嬉しく待ち受けていたい。愛という字は私には、「心を受ける」と書いてあるように見える。

寂しくて、人には心の優しさを求めながら、人の心を受け入れるよりも、相手の心を計ったりする自分の狡い心に押し潰されているとしたら、何と悲しいことだろう。

物質文明に生きる知恵でなく、鋭い体の本能と心の叡智を融和させ、自然の流れが求める「地球の掟」に沿った、素朴で濃やかな心で生きていたい。

大自然を生きるインディアンの世界では愛と理解は同じ意味だそうだ。

大自然の中に生きる夢

何一〇億年も、命が本能として続く世代に伝えてきたように、自然の中に雌と雄が連帯し支え合って生きるのが、「命の掟」に沿って繁栄できる幸せな在り方なのだろう。

私は世界で最も自然がそのまま残っている、アラスカの大自然の中で家族全員で生きていく夢を考え始めていた。

アラスカには当時、北極回りヨーロッパ航空路の中継地点として、アンカレッジに支店を置いて乗員を駐在させていた。

アンカレッジ駐在担当の機長に頼んでおいたら、北極回り航路の試験の予定を入れると言ってきた。合格すれば駐在になれる。一定期間住めば家族も地球の大自然の中に生きる魅力に惹かれ、帰って来たくなくなるだろう。

北極回り航路が始まった当初の風評話によると、最初に駐在を発令された第一陣の乗員と家族たちは、地の果てに行く覚悟で水杯を交わして行ったそうだ。当時の日本で、アラスカはそれほどに知られていない大地だったのだ。しかし現に住んでみたら、ある家族は駐在期間が終わっても、日本に帰りたがらず夫婦で揉めた、という話が伝わってきた。

矩子は以前、ヨーロッパの航空会社との連携で、コペンハーゲンやパリに数か月駐在し、私より先に、そこから北極航路でアンカレッジとの間を飛んでいたので、アラスカにそれ程の違和感はない筈だ。

駐在が殆ど決まったので、私はアラスカの原野や海辺や川辺に、遠く離れて点々と在る仮小屋に家族と一緒に過ごす夢や、大自然の中で矩子の心が私との葛藤から解放され、子どもたちと一緒に伸びのびと遊ぶ姿を想像したり、マッキンリー山への登山など、夢を膨らませて航路の試験と駐在の発令を待っていたら、夜中に突然電話がきた。

何ごとかと思ったら査察乗員室長から、アラスカではなく「お前は俺のところに来ることになったからな」という。日頃、仲の良い機長だから、私が喜ぶと思って電話してきたらしい。

しかし人には向き不向きがある。私はひとに点数を付けるなど向かない。もし受験者の出来が悪かったらどうしよう、私は不合格にはできない性格だ。この一点でも査察には全く向いていない。

アラスカに住みたいし、私は説得に抵抗して頑張ったが、ついに、お前は会社の人事に従わないのか、と逃げ道を絶たれてしまった。

アラスカの大自然の中で家族と過ごすという、家族四人の生涯の生き方の転機になる、大きな夢と宝を失った気持ちだ。

夢の生活にくらべ同僚を評価する、私には全く向かない仕事をすることになってしまった。

空を飛んでいれば私は嬉しく幸せで、会社にも貢献できるし機長で充分なのに、多分私の処遇を考えてだろう、善かれと思って考えてくれた機長のその頃の若い顔が、アラスカへの想いと伴に、今も鮮明に浮かんでくる。

里山への移住

私が定年で飛行機を降りて七〇歳に届く頃、又エベレスト登山への誘いが来た。色々聞いて見たらエベレストはすっかり様変わりしているようだ。今はシェルパさんに援けられ、ベースキャンプから酸素をたっぷり吸いながら登り、頂上近くの難所には梯子がかかっていて、登頂日和にはその梯子の下で順番を待って渋滞するという。そのため時間切れで登りそこなう人も居るらしい。

体が高山病に強くてお金があり、雪山の経験があれば、私の歳でも登れるということのようだ。以前に比べて数倍では済まない費用も掛かる。

登り方はともかく、地球上で一番高いところに立てるのは確かに魅力だ。しかし何だか、酸素ボンベに頼るのを好まない山の猛者の友人たちに、この話をするのは恥ずかしい。

それに前回のとき、重い荷物を運んでくれたポーターさんに支払う給金の安さと私たちの生活との落差や、一人千円もあれば予防接種でハシカやジフテリヤなどの簡単な病気で死ななくて済む、貧しい国の子どもたちの顔が心の隅にある。付け足すと、ユニセフの支援の基本は、この予防接種などの基礎保健と、その子どもを擁護する母親への初等教育にある。

そんな私を見た矩子が、

「ヒマラヤに行くのを止めてくれるなら、恒健の好きな自然豊かな土地に一緒に移り住んでもいいわ」、と言い出したのだ。

私が殆ど諦めていたことを矩子が言ってくれたので、これ幸いと喜んで、矩子の老後のことを考えてアラスカではなく、過ごしやすい温暖で美しい山々に囲まれた、可愛らしい木造の駅にほど遠くない、森やきれいな水や生きもの豊かな里村に引っ越した。

この山水明媚の、旧くは「日野春」という素敵な地名の郷が、矩子と私の心を浄化してくれるだろう。

妻の病アルツハイマー

身内でなければ心の底からの同情は難しい。同じ苦しみを経験しないと、ひと様の苦しみも、それに、優しさにも気が付かないのは情けない。けれど人の苦しみの一つひとつに本当に同情できたなら、生きているのは辛すぎる。イエスが担った苦しみとはこれを指すのだろうか。

私が三〇年近く係わり合ってきた、ユニセフの子どもたちのことも、広い世界の遠い国でのこと、どれ程真剣であったろう。

人が困難な時の私の断片的な思い遣りの心と、昼も夜も寝ているときも、継続して心配している身内の心とでは、同情の質がまるで違う。

その身内の矩子がアルツハイマーの病にとり付かれた。里村に引っ越して間もないころ、異変に気がついた。引っ越しによる精神的な緊張が病の原因かも知れない。一緒に住んだ親を看取った「長年住みなれた家」を引き払ったのも、矩子の大きな心の痛みになっただろう。

発病の大基は、矩子から見れば動的で気性の激しい私と一緒に、発病までに半世紀近い歳月を過ごしてきた、心の葛藤にあったのかも知れなかった。

当初テレビの解説で、一年半もすれば病の進行を止められる薬が開発されそうだと言っていた。これは私たち夫婦にとって大きな希望となった。

とにもかくにも病気の進行が止まって欲しい。それから一〇年余が経ち、薬の開発は簡単ではないことを思い知らされた。

里村に移り住んだ頃から私は、矩子や大切な人、私を大切にしてくれた人へお礼の心を込めて、残された日々のことを本にして渡し、心おきなく旅立ちたいと思い始めていた。

そして書こうと思い立ったとき、矩子に病の兆候が顕れたのだ。私は矩子の病気のことに明け暮れ、筆を取る気になれなかった。

医学の世界もアルツハイマーについてはよく分かっていない頃だ。医師は私に、アルツの病に関する論文や資料を渡し、一緒にがんばりましょうと励まし、病に懸命に取り組む二人を見て、「アルツハイマーと闘う優等生夫婦」と褒めてくれたが、矩子の記憶力はジリジリと低下していく。

私の書いた本を真っ先に読んで欲しい矩子が、私を識別できなくなったらどうしよう。矩子は「あんた誰あれ？　と言うようになるわよ」と私を嚇す。矩子は「読み書き計算」を毎朝夕練習しており、記憶力はかなり落ちたが音読の訓練もしているので、文章への興味が衰えないのは大変嬉しい。病が進んでも、私との心の絆として、読む力は最後まで残っていて欲しい。

読書で嬉しいのは、書いた人の心の優しさに出会えることだ。一字一句、何回も読むほど、心で話し合える心友になれるのがいい。一回しか読まないのは、一度会って話した程度の心の触れ合いではないかと私は思う。

私は一期一会を大切にしたい。不思議なのは、人は話し言葉では本心を出さないのに、文章にすると素直になれる。

しかし、いつ急に矩子が本を手に取らなくなるかも知れないと心配になってきた。そこで私は原稿を書き始める気になったのだ。

私は原稿を書いた傍から矩子に渡して読ませることにした。表紙の名は、「永い旅立ちへの日々」とした。

矩子は、私の文章を読むのがとっても嬉しいと言う。「脳の最高の刺激になるし、恒健の心も理解できるのがいい。読んでいると呆けないような気がする。本になるまでは、絶対に死なないから」とも言う。私の文章を読んで、喜んでいられる状態で生きていて欲しい。

矩子は次の原稿を心待ちにしている。私よりも原稿を大切に想っているかの様に喜んで読んでいる。家の中でも何処に行くにも持ち歩いている。原稿を渡すのが私の妻孝行になった。

製本に成ってからは更に大切に抱えて持ち歩くので、病が進んで遂に読めなくなった頃には継ぎはぎボロボロの状態になっていた。

新しいのに代えてあげると言っても、このままの方が好きと言い、息を引きとる時にも読むと言っていたが、これは叶わなかった。

矩子は椅子に座って山や樹や小鳥を眺めながらバロック音楽を好んで聴

いている。そんな矩子を見ながら想ったのは、ベッドでの微笑みと「有難う」の言葉と、人や他の命の幸せを願う心だった。病が進んでも人の心や自然の恵みへの感受性は残っていて欲しい。

移り住んだ頃は浮かない顔だった矩子が、今では、人生の終わりにこのような素敵な環境に住めて惚けてはいられない、と嬉しいことを言う。「今日も幸せな一日を創って下さって有り難う恒健。私は幸せ一杯に生きてます」。これを聞いて私は、亡き矩子の両親に、やっと顔向けができる気持ちになれた。我が子の不幸は親の地獄だからだ。

しかし矩子が先に逝ったらどうなるだろう。私は体を独りにする練習はよくしてきたが、心を独りにする訓練は努めてしなかった。しなかったのは、心を独りにする訓練は、愛する心や命の絆を断ち切ることだ、と私には思えるからだ。矩子が先に逝ったら、独りの心で生きる練習をやり直さなければならない。そんな気持ちが私に起きるだろうか。

爽やかな秋晴れのもとトンボが朝陽に光る中、矩子が散歩にでかけて行く。

誰にもそうするように、姿が見えなくなるまで手を振って行く。家の周りなら矩子はまだ、いつもの路を独りで出かけて何とか帰ってくる。

季節が進み、小雪がチラチラしていても出かけて行き、鼻水を垂らしながら帰ってくる。その姿がいじらしく私は胸がつまる想いで見つめている。

歩くのは脳に良いことだ。複雑な脳の働きを必要とするし、運動によって脳細胞により多くの血が流れ、栄養素が供給されるからだ。人の毛細血管の長さは約一〇万キロ、何と地球を二周り半だ。運動しなかったら細い血管に血が澱んで毒素が溜り細胞が弱り、あらゆる病の元凶になる。

運動後の爽快感は、ドブ化した血ではなく、清水のように綺麗な血によって細胞たちが生き返った喜びの表れだろう。不摂生の最大は運動不足であり、一日に一回は血の流れを速くする必要がある、と私は考えている。

指先を使うのが脳に良いと、矩子は私の母が使っていたお手玉を練習するようになった。それに親切な方に折り紙を習いに喜んで通っている。

私の母と矩子は、私が羨むほど生涯仲が良かった。母に出会えて幸せだったと、何度も口にした。

二人の間に多くの手紙が残っている。その中に、私の気性が激しいことを母が心配して矩子を気遣い、その返事の下書きに矩子の心が書かれていて微笑ましい。母を世話している私の妹とも、多くの手紙が行き来していた。

自然の美しさ嬉しさや有り難さを知った矩子は、朝起きて空が晴れていると森の中や里山へドライブに行きたがる。

山の中では矩子が細い小径を好むので、しばしば行き止まりになるし車の腹を擦る。車は数年でキズだらけになった。

「自然は観ればみるほど素敵になる、雨が降ると樹や草や花さんたちが喜んでいると想うと嬉しい。雪が降っていたら雪もいい」、と喜んでいる。

しかし矩子はドライブから帰ったら、どんな所に行ったのかを想い出せないまでになった。それでも幸せなのかと聞いたら「脳は忘れても素敵だったことを体が覚えている」、と言う。聞いて私は絶句する。私は矩子がこの世で受けた以上の幸せや楽しみを求めたくはない。

この病気の治療に使える薬は、当時の日本にはアリセプト一種類しか無かったが、医師からの助言で私は、外国では認可されている薬二種類を輸入して飲ませていた。

矩子の病のことは、やれるだけの努力をしたら、後は「宇宙の理」という神が決めてくれること、と二人で話している。そのせいか、矩子は楽天的に生きているように見える。

矩子が知った自然の悦び命の掟 ── 命に善いものは美しい

私の心に夫婦としての新しい希望が芽生えた。それはアルツの病での記憶力の衰えにも拘わらず、矩子がこの美しい山々や田園に囲まれて自然を観ているうちに、今までは見れども見えていなかった、「ほかの命と一緒に自然の循環の中に生きる悦び」を矩子が知覚し始めたからだ。

春の花や芽吹きや小鳥の雛や、幼児や子猫が可愛く愛おしいのは、私たち死ぬ身に代わり、命が引き継がれていくことへの希望と本能の悦びだった。山を歩き樹々のみどりに包まれて、清水に行き会う幸せは、水とみどりが命の大元であり命を養ってくれているからだった。

目の前に現われ消えていく生きものたちの営みを見ていると、愛おしくて胸がつまる想いがする。その命たちは、昔のそのまた昔、たった一つの命から分かれ、連帯し繁栄してきた兄弟姉妹の姿だった。

野の花に雑草といわれる草に、樹々のみどりに、そよぐ風の香りに、四季の巡りに、舞い降りる雪の沈黙のリズムに、矩子は自然の循環が奏でる調べを想う。流れいく雲、小川のせせらぎ、雨垂れの調べ、小鳥や虫の声、それは自然の循環のリズムであり命そのものだった。循環は命、命の恵み。「命に善いものは美しく見える」。自然をただ美しいとしか見ていなかった矩子の眼は、なぜ自然が美しく見えるのかを理解し始めたとき、驚きと悦びと感謝の眼差しに変わっていった。

多くの生きものと伴に生き、自然豊かな循環の中に生きるとき、生きものとしての幸せを想う。命の「掟」に沿って生きているからだろう。「生きものの幸せは命の連帯と自然の循環の中にある」。自然とは循環の別名だ、とつくづく想う。そして命さえも、大宇宙で循環する無限の素粒子の悠久の流れが、一瞬小さな渦という命になって留まり、消えて又素粒子の流れに戻って、別の渦に変容していく姿だった。

あと何回の若葉だろう。あと何回の落葉だろう。私たち夫婦は日々の暮らしを循環の恵みと多くの命に包まれて、春は躍動する命を前に幼い頃の懐かしい自分に心を戻し、秋の紅葉に二人懸命に生きてきた後の、恕しの静寂の中で、落ち葉が新芽に希望を託して土に返る姿に、わが身の死後を重ねてみるのだった。

矩子も私も生きものたちも、山も地球も星たちも渦巻となり変容しながら流れている。循環の中で渦が変容する変わり目が、生であり死なのだろう。

矩子も私も星も同じく生まれそして死ぬ。宇宙の凡ての存在は、形を変えながら、素粒子の無窮の循環の旅を続けているのだろう。

それらの流れを、続く世代に希望を託して去って逝く道程として観たとき、土も草も虫も樹も森も石も岩も山も、はては月も星たちも空も、訳の解らない宇宙までもが、同じ素粒子から成る命の仲間に思えて愛おしくなる。

宇宙には循環し膨張し拡散する力の法則があって、重力や電磁力や核力などの数種の強弱の力が調和し、ミクロからマクロ宇宙まで普遍的に平等に作用しているらしい。

この宇宙の力の法則の総称を、「神」という言葉に置きかえてみるのが、私には最も素直な感覚だ。

神が人間に示し続けてきた掟は、貪欲や執着を棄てて人やほかの命と連帯し、ウズの一員として循環の中に戻って生きること、と私には思える。

引っ越した当座、私が白い雪の山を愛おしそうに見つめるだけでも矩子は浮かない顔をしていた。私が雪深い冬の山を好んで登っていたから、雪の山は仇だったらしい。それが今では周りの山々に雪が積もると、顔を輝かせて私と一緒に喜ぶようになった。

白い雪が美しいのも、生物の出した汚れを微生物が元の無機物と熱に分解し、熱に変った汚れを雪が吸い取り蒸発し、地球の外に捨ててくれるからだ。それに大切な微生物が居なかったら、地球は一年で有機物の汚れの山になる。生物は連帯して生きているのだ。更に薬の多くは微生物の恩恵だ。

美しい山や森や生きものたちと心優しい村人に囲まれ、矩子は本当に幸せだと言う。記憶の病にも拘らず、矩子の心は今が最も健康そうに見える。

矩子は散り逝く落ち葉に有り難うと労いを言う。野に咲く花や草を摘み取ることもしなくなった。位牌の前の一輪を除き、家に花を置かなくなった。「悪い天気」という、自分を中心に自然をみる言葉も使わなくなった。

　野に在る花を、咲いているそのままの姿で愛でる心が日本にはある。花を摘んで持ち帰るのは、命を無機質なものとして所有したい欲の心だ、という意味の文を私は読んだことがある。

「寂しいときは傍から離れません。悲しいときは慰めてあげましょう。苦しいときには苦しみを分けて下さい。嬉しいときは一緒に喜びましょう」。

　長年ほかの命に支えられ、自然の循環の恩恵を受けながら、矩子と私が、心の旅路の果てにたどり着いた、「ままごと」のようなふたりの大切な日々、このまま矩子の病が進まないでいて欲しい。

性を交える悦び ―― 心と本能

表現は難しいが、性を交えるのは命の根源であり、命の継承に最も重要で、生きものとしての神聖な営みと私は思うので書いておきたい。

性の悦びには二つの質があると思う。結婚していてもいなくても、性の陶酔を得るのが主目的の交わりと、相手の心への愛おしさが誘因で抱きしめたくなる場合だ。この二つは、陶酔の質と深さが違う。

「恋」と「愛」との違いと言っていい。恋は奪い、愛は　受け合い与え合う。「恋愛」という文字は、恋と愛の心を混同させる危険な表現ではないのか。

恋は偶々出会った好みの織物、年月と伴に色褪せる。愛は理解の糸を紡ぎ合い、生涯をかけて二人で織った絵巻物、愛おしくも美しい。

相手の心に希望を持ち続け、諦めなければ費やし合った年月に比例して理解が深まっていく。理解を深める糧が愛なのだろう。

性を交える悦びも理解の深さに比例すると想われる。齢を重ね理解が深まるほど愛しさも増し、容姿が衰えても同じ相手に飽きることがない。相手が同じだから可能なことだ。

私たち夫婦も若かった頃よりも、里村に移住した七〇歳の頃からの方が、性の悦びと、夫婦の心の安らぎが深まったことを記しておきたい。

歳をとっても、愛おしい心で睦み合えば、心が誘因となって自然に本能に点火する。心が主体で体が従属していれば、点火は自然に起きるだろう。

新しい脳の「心」と旧い脳の「本能」が融和した、或は恋と愛の違いを乗り越えた、性の融和の美しい姿、と表現することもできる。

愛の伴わない性の陶酔を求める場合、齢をとれば、体を駆り立てようにも若者のように本能に火を点けるのは難しい。可能不可能、いずれの場合にも、愛おしさが伴わなければ虚しさだけが残るだろう。

精子と卵子の圧倒的な数の差のためか、青年期の男の本能は、法律の壁を薄くするほど圧倒的で、若者の理性を押しつぶそうと迫ってくる。

男性の本能は強烈で、体験のない中学生の頃から、夢の中で幻の性を屡々体験する。私も夢の中で初めて未知の性の陶酔に捉えられたとき、何が起きたのかも分からず目が覚めて、茫然とした。

青春期、私が生き方に悩んでいたとき、一緒に歩いてくれた女性がふと立ち止まり私にキッスをしてくれた。私の唇に突然襲った、本能が心に与える蕩けるような甘美さに、震える思いでやっと立っていた。

矩子も初めて私に唇を合わされたとき、私と同じように反応し茫然となり、しばらく嗚咽が止まらなかった。

知り合って一年半余、求め合う気持ちが高まり、矩子の両親に赦しを得て二人旅に出た。このときも矩子は嗚咽した。そして……

「心がどこかに飛んで行っちゃったみたい」、と可愛く表現した。

二人の未来への覚悟は定まったが、その頃のスチュワデスの定年は三〇歳であり、その前に結婚すると定年を待たず退職する慣習になっていたので、社会的な届けはまだ出さなかった。

私は性の相手は妻だけという社会の掟の前に、他の女性への本能を消そうと心の訓練を始めてみたが、これは生きものとして不自然過ぎた。本能に真面に逆らうと、心が壊れる可能性すらあるようだ。命の連帯への基本的な生き方が薄れた人類の、新たな苦しみなのだろう。

以来数一〇年、心の火花を散らし悩み続け、いつまでも恋人同士のような矩子と私が年老いて、雌雄の温かい悦びの世界にやっと辿り着いた。しかし続く世代に子孫を残すのが雌雄の目的だとしたら、年老いてからの深みのある心と体の悦びに、意味があるのかは分からない。

矩子と私は美しい山々と多くの命に囲まれて、ほかの命の幸せを願いながら、人の心の優しさに想いを馳せていると、命の楽園の中で与えられた雌雄の日々を謳歌したいという、私の若い頃の究極の夢を懐かしく想い出す。

矩子は今までの歳月を取り戻したいかのように、心を私の心に向けている。その矩子の心が顔に顕われるのか、一緒に居る矩子と私を見ていて、

「矩子さんは、あなたのこと、好きで好きで仕方がないようね」、とテニスコートの女性が微笑んでくれた。

この言葉は、懸命に生きて年老いた、矩子と私への表彰状になっている。

矩子さんの素敵な語録

私たちの家は美しい山々に囲まれた少し高台にあり、窓から全山が見えるように私が苦心して配置図を書き、建ててもらった家だ。

晴れて気持ちのいい夕刻、矩子と私はそのベランダで好きなビールを飲みながら、山の端に美しく沈んでいく夕陽を前に、話をするのが慣わしになっていた。なんと贅沢なひと時だろう。

しかし、じりじりと進むアルツの病を前に、矩子と一緒に居られる月日はもう、少ししか残されていない。旅立ちの日までに話し終えておきたいことは限りなくあった。

「周りのひとの幸せを願いながら、最後の日まで微笑んでいようね」、との約束はふたりの大切な生き方として、このベランダでも話していた。

この宇宙の中でたった一回の命だから、「見栄も意地悪も恨みも、それに、まだ残っていたらひと様を嫌う心もみんな捨てて、心を綺麗に掃除をしてから旅立とうね」。これも話している内に、大切な約束になった。

不思議なことだが、矩子は既に認知介護度二であり、普段の話は覚束なくなっているのに、少し月日が経って、外で食事をしているときに突然……「矩子近ごろ何だか心が綺麗になってきたみたい。嬉しいわ有難う恒健」と言い出したのだ。矩子は懸命に心の掃除をし続けていたのだろう。

矩子の心は確かに浄化されていくように見える。妻の心がそして人の心が、綺麗に優しくなっていくのは、何と嬉しいことだろう。

それに、心の掃除をしようと思っているだけで、幸せな気持になれるのも嬉しいことだった。

こんなこともあった。矩子と心の絆を強くしたく、話していても心が通じなくて、私がいらついていたら、

「矩子、頭がパ～になって、恒健の言うこと何がなんだか分からなくなるのよ。だけど恒健、私が死んでもこれだけは憶えていて頂戴ね。こんなになっ

てしまった私を一生懸命大切にして下さったこと、とっても嬉しくて幸せだったわ。忘れないでね、ほんとよ恒健……」。私はただ抱きしめる。

矩子が何がなんだか分からない、と言ったように私の言葉をよく理解できない状態なのに、その言葉の心の何と素直なことか。これも多分一人の時にいつも考えていることなのだろう。残してくれたこの言葉が、矩子の居ない今の私の寂しさを耐えやすくしてくれている。

それにこれも驚かされた言葉だ。私のことなので躊躇するが、現に矩子が言ったことなので書いておく。矩子は時折り心の深い所に潜んでいるようなことを言うので、私は慌ててそこらにある紙切れに書きつけるのだ。

メモの日付をみると、矩子が転倒し寝たままになる一年と少し前、アルツの病も相当進んでいた頃、私が誰かに電話をして後の矩子との会話だ。

「ぼくが電話をかけると、名乗る前に『ああ岡留さん？』と何人もの人が言うけど、ぼくの声ってそんなに変わってる？」、と矩子に話したら、読み書きの練習をしながらあっさりと、

「それは直ぐに判るわよ、恒健の声は愛を含んでいるから」！　どうしてこんな言葉が浮かぶのか、凡庸な心では浮かばない。アルツの矩子の心の中はどうなっているのだろう。

確かに私は、ひと様の幸せを心で願いながら話をするよう努めてはいるが、矩子が私の言葉に愛を感じているのなら嬉しいかぎりだ。心がすれ違い苦しんできたが、矩子の心に私はもう、何も言うことはなくなった。

この山水明媚の地で多くの命と心優しいひとたちに囲まれて、生きる悦びに目覚めただけではなく、心の浄化も進んでいるのだろう。

矩子と私は互いに懸命、というよりも火花を散らす想いで心の壁を取り払おうと努力してきたのだ。諦めないで一緒に生きてきて本当に善かった。

それから、これも微笑ましいので書いておきたい。転倒し入院する少し前、介護度はもう三に進んでいてかなりあどけなくなってしまった矩子が人前で、「恒健、大好き〜」と大きな声を発し始めたのだ。私は恥ずかしくて、けれど嬉しく下を向く。

また矩子が、私の妹の名前を思い出せなかったので、「じゃあ僕の名は？」と聞いたら、しばらく考えていたが、「私の大切なひと～」と言って私に抱きついてきた。

「夫と食事いつまでも」、とその頃の矩子が書き残している。

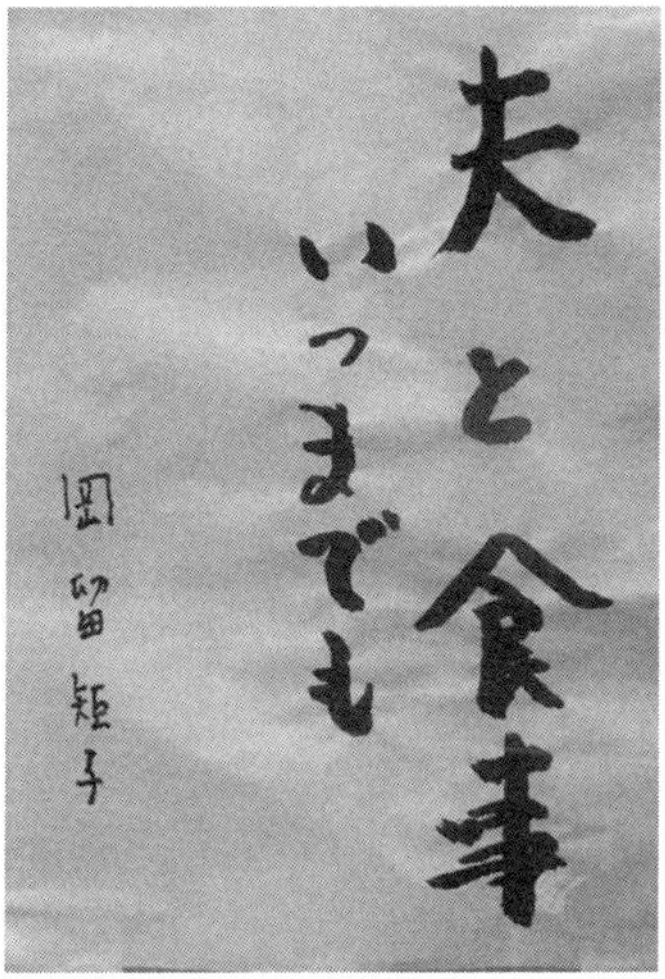

矩子の健脚とアルツの病

「健康は脚力から」と思い、私は長年早歩きで脚を鍛えてきたので歩くのは結構早い。八六歳の今、駅までいつもの速さで計ったら、時速五・五キロだった。私の速さでは都会の人混みを歩いたら危ないので、ゆっくり歩くと心と足がバラバラになって疲れてしまう。

生活を伴にする矩子も私に鍛えられて、かなりな速さで歩けるようになっていた。里村に引っ越してからも駅まで約二・五キロの路を、夜遅い帰り路を除き、昼間に一緒にタクシーに乗った記憶がない。それに、二・五キロでは近すぎてタクシーの営業に気の毒だ。

矩子がアルツの病に憑りつかれたのは六八歳だった。その後の一〇数年の脚力と病の推移は、同じ病の人の役に立つかも知れないので概略を書く。

矩子七〇歳の時に、昔駐在していたローマとスイスの山に遊んだが、毎日朝から夕刻まで山を歩き廻っても、疲れたとも言わず快活に楽しんでいた。

しかしその時、英語もフランス語も駐在の時に覚えたイタリア語も喋ろうとしないのを見て、私は矩子の脳の衰えに愕然とした。

日本の自宅に帰った次の朝、矩子が窓の外を見て、「ヨーロッパにも日本に似た風景があるのねェ」、と嬉しそうに言って私の心を凍らせた。

この旅行で矩子の病はかなり進んでいたのが分かった。六八歳よりも前に発病していたのだろう。後から覚えた他国の言葉は消えてしまうようだ。

私は、矩子の病の治療と日々の生活に、細心の注意をはらうようになり、健脚を保てるよう買い物帰りの四キロ弱の路を毎回歩かせることにした。

七二歳の時、矩子は初めて路に迷った。健脚の衰えはなかったが、二時間近くも遅れて何とか帰ってきた。

私はその間、消防や警察を走り廻り家に戻ったら何と、庭のベンチに矩子が座っていて私に、「何を騒いでいるの？　私は真っすぐに帰ってきたわよ」と言って私を唖然とさせた。しかし帰宅の道程を特訓したら学習効果があり、買い物帰りの路なら迷わずに、その後数年の間持ちこたえてくれた。

そして七三歳、発病後五年の頃から病がはっきりとその姿を現し始めた。水の止め忘れや火の消し忘れが始まり、銀行ではパスワードを声にしながらお金を下ろそうとした。

けれど日々はとても幸せそうで明るく快活だった。いわゆる、快眠、快話、快食、快便で健康そのもの、毎日が楽しそうだった。

七四歳になっても健脚は衰えず、毎日自らいそいそと散歩にいった。私と沖縄の小島に遊び、一周一五キロを二人弁当持ちで歩き楽しんだ。

だが健康そのもののように見えながら、脳の病の進行は止まらず、いつも聴いていた落語に笑わなくなり、好きだった料理への興味も薄れ始め、綺麗好きな矩子が、私が言わないと掃除をしなくなった。

七五歳の時にはそれでもまだ健脚だった。それまでも、何回か登っていた飛行機事故の跡の慰霊の山にも登れた。この登山路は普通の年寄にはかなりな健脚を必要とする。出先では、レストランやホテルでトイレに行ったら、元の席に戻れなくなった。

七六歳になってから帰ってくるのが覚束なくなったので、私も一緒に散歩することにした。幸いひと様の紹介で、倒産して殆ど誰も周っていない山の中のゴルフ場に矩子と弁当もちで行き、三〇歳のころに凝っていたゴルフを再開し、矩子は景色を楽しみながら一緒に回ることにした。

私は球を三~四発打ちながら矩子に球捜しをさせたり、最少一ラウンドを歩かせた。私がゴルフをしなくなった原因の、山の造成の痕が痛々しいが、緑の中でたった二人の楽しいお昼など、多くの想い出が残っている。

七七歳ではいきなり「介護二」の判定を受けた。面接で矩子が快活に喋るので、「支援」の判定も出ないだろうと思っていた私を愕然とさせた。

七八歳、発病以来一〇年が経った。ゴルフ場ではカートに乗りたがるようになったので、ゴルフ場に行く回数が減り始めた。

このような状態でも九州や関西の旅行に喜んで一緒に出かけたが、ホテルが親切に計らってくれた続き部屋で、夜中にトイレの場所が分らず失禁した。

これが矩子の遠出旅行の最後になった。

七九歳、家の周りの散歩の途中に転んだらしく、衣服が汚れて帰ってきたり、見かけたお百姓さんが心配するようになったので、それからは、矩子の休憩用に折り畳み椅子をもって、私が付き切りで散歩するようにした。

近くの散歩道二キロを一時間近くかかり始め、アルツの病が進むと現れる、パーキンソン病状の小幅な歩き方になってきた。

脳の画像にも素人が見ても判るくらい、脳の縮小が目立ってきた。医師の説明を、横で矩子も聞いているのが気になった。

発病以来一一年経ったが、歩けさえすれば、それにトイレと風呂が少しの介助で済めば、それ程無理なく二人での「朗々介護」は可能だった。

矩子と私が好んで行く質素な大衆食堂でも、「美味しい〜」と大きな声を出して周りの人の笑みを誘ったりした。

介護度は三に進んでいたが、明るく結構何処にでも一緒に行けるし、難しくないお喋りや聞き分けもできるので、二人幸せに暮らしていける。

矩子の発病以来規則正しい生活を心掛け、毎朝六時に起きてＴＶ体操を欠かさなかった。これは心の健康を保ち、病の進行を遅らせたと思う。

危機が訪れるのは歩けず自分で立ち上がれなくなった時だ。「老々介護」は地獄化する。立ち上がれることが如何に重要か私は身をもって体験した。

八〇歳の初夏の頃、私たち夫婦に危機がきた。外出先で人の善意の腕の支えが上手くいかず矩子が転倒し、大腿骨骨頭の手術となった。手術後、麻酔が覚めたらもう、快活な言葉も歩行も読み書き訓練も戻ってこなかった。

認知症が進んでいる状態で、局所麻酔は判らないが、腰椎麻酔や全身麻酔での手術は慎重に考えた方がいいと思う。これは私の心残りになってしまった。介護度も一気に五に進んだ。

今の診断は骨のひびも「骨折」とされるのを私は知らなかった。ひび割れなら月日をかけても接骨で療養した方が良い結果になると思う。

例え歩行が戻らない場合でも、「言葉だけは残る可能性」があるからだ。身内はよくよく考えた上で、手術か接骨かを決めてあげた方がいい。

加えると、私の母は九八歳まで医師を務めたが、台所でキャスター付きの椅子に腰かける時、椅子が飛んで腰を打ち、骨折で車椅子の生活になった。折り畳みの椅子なども、後悔に苛まれないよう細心の注意が必要だ。

私も近頃、物忘れが激しくなった。私の理解では、認知症は一瞬の画像が残らない。私も携帯を置いた場所を忘れるが、指差を心掛けるといい、画像が残るので覚えていられる。

グループホームにて

矩子は転倒骨折で手術した後、入院とリハビリをして五か月後に家に帰ってきた。しかしもう、一人では立ち上がれず言葉の聞き分けは殆どできなくなっていた。その矩子を抱えて私は決心し、自宅で励まし合いながら介護を続けることにしたが、たちまち行き詰まりデイサービスをお願いした。

しばらく頑張ったが、無理が祟ったのか私が肺炎になってしまった。だが矩子を置いて入院もならず、無理して家で介護を続けたら体重が六キロも減って、矩子よりも軽くなってしまった。

私の歳を考えると、この肺炎の状態は危険だったようだ。このような場合日本の福祉はどうなのか、介護五の矩子を家に置いて私が入院できる体制にあるだろうか。訪問介護士の勤務と待遇を知ると、訪問をお願いし辛かった。

その間、立てない矩子の介護で私は腰を傷めてしまい、ショウトステイもお願いしたが、私の仕事の予定もかなり厳しく、私は動けない矩子を抱えて追い詰められ、体重も戻らず途方に暮れた。

そこに、近くに新しいグループホームが建設を始めたので、事務所を覗きにいってみた。

そこで出会った女性理事長がグループホームの素敵な夢を語ってくれた。私も丁度、地方の福祉の充実を願い元議員の選挙を支援していたので、この理事長とすっかり意気投合した。

私は何であろうと、一生懸命な人が大好きで、何でもしてあげたくなる。ひとが何かを達成した悦びを見るのが嬉しいのだ。

ホームは発足したばかりの募集前の段階だったので、矩子は介護五にも拘わらず、桜の花の咲くころ第一号として入居させてもらい、危機を脱することができたのだ。私はこのホームとの出会いに感謝した。

グループホームの生活は独特であり、矩子はホームの明るい個室に住んで温かい介護に守られ、生活方針は入居者も身内も自由であり、矩子は微笑みを絶やすことなく、私も自由な時刻に毎日通って矩子の傍に居られて仕事もできるし、介護から解放されて、自宅に居るより賑やかなホームの方が快適で、二人には幸せな日々を過ごせることになった。

矩子がホームで眠れないのを私は危惧したが、ぐっすり眠ってくれるので安心した。矩子の骨折以来、久しぶりに私の心に余裕ができ、将に「お陰様」で憩いの日々を取り戻せた。

療養者とその家族を主体とし、仲間として響き合うという、このグループホームの介護の方針は、介護士には誠にご苦労さまだが、実行できれば認知症の介護の在り方としてとても優れていると思う。

しかしそのためには、介護士や訪問看護師の社会的な処遇を良くしなければ、理想と教育だけでは無理がある。私はこのホームの方針に沿って仲間として響き合い、日本の福祉が少しでも理想に近くなるよう協力し、社会にも訴えていきたいと思う。

ホームには色々な人が世話になっている。笑顔の人ももの静かな人、いつも歩き廻る人、気の短いお婆ちゃんもいる。薬の陰陽のバランスを調整すれば、この気短かな気持ちも和やかになってくれるかも知れない。

私はこの気の短いお婆ちゃんが可哀想でならない。何とかして笑顔になって欲しいので声をかけたくなる。病はともかく、声を荒げる人は認知症でなくても基本的に寂しいのだ。

それに、心を込めて話せば普通の人よりも心が通じやすいのは、私が一時期、スペシャルオリンピックを手伝っていて、知的障害のある子どもたちと遊んでいて経験したことだ。体の本能は敏感なので、相手の心が優しいか敵か味方か、嘘かホントかを見抜かれる。

「微笑んだらとても美人だよ」、と私。「そうお、それじゃあ微笑まなくっちゃあ、努力するわ」。私は嬉しくて泣けてしまう。これはお世辞ではなく、美人の第一条件は笑顔にあると私は思っている。心は顔に顕われるからだ。

かなり認知度の進んでいる人が、私が矩子に歌っている部屋に入って来て、「素敵ねえ、ふたりの時間を大切になさいね」、と普通の人も言わないようなことを言ってくれる。

毎日ホームに来れば、私の名前は難しいが、顔は何とか覚えてもらえる。私が帰る時、玄関まで送ってくれようとする人や手を振ってくれる人がいる。人として、同じ命として、私はとても幸せな気持にさせられる。

私が「寂しいの?」と聞いたら、「寂しいわよ、貴方は?」、「時々堪らなく寂しくなるよ」と言ったら、「私の部屋にいらっしゃい一緒に居てあげる」。こんな話、普通の人はしないだろう。

矩子の部屋を覗いて私が居たら、入ってきてニコニコと御でこを合わせたり、手を差し出すと膝に乗ってきたりする。抱っこして歌を唄ってあげるとうっとりと喜んでくれる。ハグして嫌がられたことは一度もない。

素直に話し素直に振舞えば、心がそのまま通じて喜んでくれるって、何と素敵な心の世界だろう。普通では得られない幸せを私に与えてくれる。人の喜ぶのを見るのは何と幸せなことか、天国とはそんな国のことだろう。

ホームは行動を束縛しないので、家に帰りたがって居なくなるお婆ちゃんもいる。その時には皆と一緒に私も捜しに行く。

こんな私を見ている矩子は以前から、私が誰かを喜ばせているのを見たり聞くのが好きだった。私はそのような矩子がこよなく愛おしい。

ホームに入ってからの半年間は、私がホームの庭に樹々を植えると約束していたので、穴掘りや水やりなどで矩子の横に余り居てあげらなかったが、矩子もそのような私を喜んでくれたと想う。

夏が過ぎて、植樹への水やりが減り、矩子の傍にいる時間が長くなった。ただ横にいるだけで私の顔をじっと見つめていることが多い。眼を合わせると微笑んで肯くのは、嬉しいからだろう。

「死んだ後にあの世で又会えるといいね……」、矩子はにっこり笑って手を握り締めてくる。不思議なことに、矩子には心の話だけは通じているような気がする。それが嬉しくて介護する張り合いが湧いてくる。

矩子がしきりに何かを語りかけてくる。懸命に聴いているけど解らない。

「ご免ね、言葉が通じなくても矩子さんの心が優しいのは分かってるからね」

と言うと矩子はにっこりして、「そうよ」。「矩子さんの心配事や悲しいことは、恒健が全部引き受けるから、心配しないで微笑んでいればいいよ」、「有難う」。

「ひとや命が幸せになれるよう、一生懸命に原稿書いてるよ」、と試しに言ってみたら、「それは素敵なことよ」とちゃんと返事が来た。不思議なことにこのような心の話にはきちんと返事が返って来ることが偶にある。

昔から矩子との話題は、心や命や死や魂など、抽象的な話が多かったので、そんな話が心に深く沁み込んでいるのかも知れない。

事故骨折入院以来、矩子とは森の中を一年以上ドライブしていなかった。そのためか、矩子が以前世話になった脳外科にリハビリのために出かけたら、久しぶりのドライブなのに、あんなに好きだった森のみどりに感激しなくなっていた。それからは、リハビリに行くたびに努めて遠廻りをして森の中を通っていたら、歓びが戻ってきてホッとした。みどりの森は矩子と私を結ぶ大切な絆なのだ。

この外科の院長は矩子に、「イワなんとかチャンだよ、憶えてる?」と胸の名札を見せながら、名前を思い出させようとしたりした。

気の毒なくらい診療が忙しいのに、気さくな院長の微笑ましい行為が周りの心を和ませてくれる。

この院長には医療だけでなく、私的なことも相談に乗ってもらっている。それに院長の兄上で、山岳会の元会長が私のお酒の相手をしてくれるので、山と酒の好きな私はとても幸せだ。

穏やかな或る日、別の病院の検査で矩子の肺のCT画像に丸い影が映った。原発性の癌だろうか、「あぁもう駄目だ」、と目の前が暗くなった。そのとき矩子を診てくれたのは、呼吸器が専門の眼もとの涼しい女医だった。私の母も女医だったし名前までが同じだ。それだけに親しみを感じる。

厳しい多忙の中、にこやかに、「大丈夫よ」と、先ず私を落ち着かせた上で画像を視て、「断定はできないけど心配ないわ」と丁寧に説明してくれた。

私はその夜安心して眠れた。患者を分け隔てなく安心させ、喜ばれている心の優しいこの医師を、私はいつも嬉しく想っている。

患者を安心させる心の技量によって得る信頼がなければ、持てる技術も充分に発揮できず、困ったことが起きた時の処理を難しくするだろう。

矩子の診療で、車椅子に乗せて病院に行った時、待合室でよちよち歩きの幼児を見ている矩子の如何にも嬉しそうな表情に、新しい命の継承への悦びを見る。母性本能が残っているのだろう。

ホームと保育園などとの組み合わせが好ましいのを、私はこの矩子の嬉しそうな表情を観ていて理解した。

矩子と私の闘病記

矩子がグループホームに入居して以来一年半、遂に怖れていた認知症性の誤嚥が始まった。食べものが気道に入り肺炎を起こし始めたのだ。

これは食べられず寿命の尽きた矩子に、安らかな死を迎えさせようと寄り添い、矩子が微笑みを残して旅立った日までの二人の足跡だ。

矩子の治療や介護や看護に携わった人たちへの感謝に添えて、患者の身内が見た臨床の現場での矩子と私の経験が、富裕国の中で最低水準にある日本の福祉に役立つかも知れないと、長くなるが書くことにした。

患者は不安を抱えてくるのだから、治療や看護を始めるには第一に、相手を安心させる「心の技量（ムンテラ）」がプロとしての重要な基本だと思う。

不安に聴き入る心があれば、患者や身内との信頼関係が成り立ち、プロの技術も生きるだろう。心の技量はどんな仕事にも大切で喜ばれる。

端的に言えば仕事であってもなくても、「幸せを願う心で相手を見る」ことに尽きると考える。

私も機長として、乗客と乗員の安心と幸せと快適を願って飛んでいたから、緊急救急を含めてプロであり、心の技量も基本的に変わりはない。

だが長年寄り添った夫婦でさえ、互いに理解し合うのは困難な「心や感情」のことを書くには抵抗があるが、相手の幸せを心で願いながら、感じた気持ちをなるべく素直に書いてみる。

書き方で至らない点は、微笑みと有難うの言葉を最後の日まで失わなかった、矩子に免じてどうぞお赦し下さい。

私は両親が医師の家に育ち、家に看護師も居たし医師たちと心の問題を話し合う機会も多くあった。矩子の親も医師だったので、二人は色々な機会に病院のベッドで苦しみながら息を引き取る病人を見て育っている。

一般的に医師は当然ながら病人の命を長引かせようとする。難しい問題だが、私は矩子を苦しめないで旅立たせることを第一に考えて、色々な資料を読んでいた。

要は栄養を受け付けなくなり体が死ぬ態勢に入っているのに、元気が出るようにと無理に栄養を与えて愛する人を苦しめたりせず、体がむくまない程度に点滴で水だけを与えるのが、最も安らかに旅立てる方法のようだ。

しかし、矩子は誤嚥を繰り返し認知機能も衰えてはいるが、微笑みを絶やさず朗らかで、食欲もあり私の心にも反応するのだ。その矩子の栄養を絶って、旅立たせるのはあまりにも可哀想だ。

そこで私は、半世紀余も夫婦して親交を頂いている、在宅胃ろうに詳しい医師夫妻の親身の助言と、看護師の意見を考えた上で、矩子が少しでも苦しむなら中止することにし、倫理の問題で世界の医療現場から殆ど姿を消してしまった「胃ろう」を試みる決心をした。手術は簡単に済んだ。

退院後、ホームで朝は訪問看護師が、午後は私が毎日昼過ぎに来て矩子の横で過ごし、夕刻に痰を吸引し胃ろうから栄養を入れることになった。

胃ろうや痰の吸引には技量が要るので、看護師の負担になって恐縮だが経験のない私への適宜の指導をお願いした。

訪問看護師と私は朝夕交代で看護を行うので、互いに顔を合わせる機会がない。それで、日々の状況をメモする看護日誌を置いてもらった。

日常の世話はホームの介護士の方が担当する。食事は口から入れないので矩子の食事の介助はなくなるが、介助全体では何かと負担増になり気の毒だ。

矩子もそれが分るのか、「ご免なさい」と時折り言っていた。

ともあれ寿命が尽きているのに、胃ろうは最後の大切なひと時を、矩子と私に与えてくれた。

日誌には書いた人の夫々の心が表れている。夫の私への思い遣りもあるだろうが、メモは矩子の微笑みの描写で埋められていた。

記述の殆どに、矩子の表情が豊かだとか、とってもいい顔で微笑んだとか、素敵な満面の笑顔で迎えてくれた、などの書き添えがある。意味は聴き取れないけどよくお話をするとか、有難うやハイと言ってくれるなど。

看護師の顔に触って、「お肌が綺麗」とか、ニコニコと看護師の手を握り、「帰るの？ 気を付けて」と言ってくれた、ともある。

一緒にボールを蹴ったり、車椅子に乗ってキャッチボールもしたらしい。「満面の笑顔と素晴らしい回復力、来年は桜見に行きましょう！」とあった。

介護士の日常の温かい介助と看護師の訪問により、励まし慰め合ってきた矩子と私の、この数か月は夫婦の心が最後に輝いた時期と言ってもいい。

倫理が問題になる胃ろうだが、矩子と私の場合には近代医療からの、素晴らしい貴重な月日の贈りものになった。

「痰の吸引が下手でご免ね」、と矩子に言ったら「大丈夫」、と聞こえた。

私に何かを話しかけては微笑みを繰り返す。その時間が貴重で私はトイレにも行けない、最後に矩子は微笑み疲れて眠ってしまった。

このところ矩子は、意味は判らなくてもよく話しかけてくる。意味が通じていた頃よりも、善い夫婦になったような気持ちになる。

「私は八五歳、もうすぐお別れになるけどあの世があったら又会えるかも知れないね、そしたら嬉しいね」、と言ったら「そうよ」、とにっこりした。「そうよ」と「ほんとね」はよく使う返事なので聞き取れるのだ。

矩子はバッハとビバルディが大好きなのでCDをかけると喜んだ。それに昔の童謡も好きだ。私が枕元で、片手でパソコンを打ち、一方の手で矩子の手を握りながら矩子の好きな本を読んだり、昔の童謡を唄ってあげると、喜んで瞬きもせずに私を見ながら聴いている。何時間も歌うと喉が痛くなる。

この童謡のCDは後に矩子の「お別れ会」の会場で静かに流してもらった。

二人の大切な時間が過ぎていく。矩子のこの顔ともうすぐお別れかと思うとつい涙が零れてしまう。矩子がその涙をじっと見つめて何か言っているが聴き取れない。慰めてくれているのだろう。

「私の眼はガンだ」、と言ってみたら、急に心配そうな顔になって何か喋っている。私の眼のガンは事実だけど、言わなければよかった。

「矩子さんが微笑むと美人だよ」、と言ったらにっこりした。微笑んでいる矩子は確かに年齢を経た後のいい顔をしている。

或る日、矩子が看護師に、「可愛いらしい」と言ったらしい。その可愛らしい看護婦さんは、その日一日幸せだったそうだ。聞いて私も嬉しくなった。「こうやって一緒」、と言って私の手をにぎり、眼を離さず私の眼をじっと見つめている。心が響き合って鳥肌が立つ想いだ。大切なことは病が進む前に話し終えていたつもりだが、言葉がなくても心が通じるのが嬉しい。

ＴＶの「お母さんと一緒」の歌に合わせて矩子が何か呟いている。歌っているのだろうか、驚きの毎日だ。日誌にあるように「素晴らしい回復力」だ。

矩子が上を向いて何かに手を差し伸べている。そこで私が……「幽霊さんが居るの？ 寂しいからじゃないの？ 一緒に遊ぼうって微笑んで迎えてあげたら喜ぶよ、そしたら矩子さんも嬉しいでしょ？」と言ったら、矩子が相好を崩して肯き「ほんとね」、とにっこりした。

テレビで美味しい食べ物番組を映し始めたので、視れないように切り替えた。矩子はもう長い間、食べたいものを口から入れていないのだった。

好きなビールを胃ろうに入れていい、と医師に言われたが、お腹の穴からでは奇妙なので、入れてあげなかったのが今は心残りになっている。

「素敵な夫婦の絆に触れさせて頂いたことに感謝」、とも日誌に書いてあった。面映ゆいが矩子と私への嬉しい表彰状だ。

「恒健さんのことを話すと満面の素敵な笑顔、恒健さんのこと大好きなのですねえ」、とも書き添えてあった。

夫の私への最高の贈り言葉だ。これを書いてくれた看護婦さんに、矩子と一緒にお礼を言います。「有難う！」

矩子が世話になったクリニクや病院の医師が、夫々ホームに矩子の見舞いに来訪されたのには驚いたし大変恐縮した。


そして何もがとてもいい状態で過ごしていた或る日、運命の日が突然やってきた。下痢が始まったのだ。

私は、病はホーム内で療養し解決すると覚悟していたけど、一〇日以上も下痢が止まらず衰弱が進むので、ホームの医師の勧めで胃ろう手術を受けた病院に入院させた。環境の変化は認知症に良くないが仕方なかった。

それから矩子が旅立つまでの約五か月は、苦難の日々になった。私もインターネットで胃ろうの副作用を懸命に調べたが、パソコンの知識に疎く下痢の原因は分からなかった。

分かったのは入院して一七日後だ。原因は単純なことで、胃の中に栄養を送るチューブの先についている風船状の球が、十二指腸に吸い込まれていて、栄養が直接十二指腸に入っていたための下痢だった。

腹の外に出ているチューブの長さが二センチ短くなっているのに気が付けば、入院もせずその場の処置ですむことだった。原発事故を含めて科学技術には想定外の盲点が潜んでいる例だ。私も気が付かず、可哀想なことをした。

入院中、下痢で衰弱している矩子が私に何かを訴えたかったのだろうか、異様なほど喋り続けた日があった。矩子が私にお別れを言っているような気がして懸命にメモしようとしたが、聴きとれなかった。

ここに、勤務医の臨床の現場を知って欲しいので書いておく。普通のサラリーマンは月に一〇〇時間の超過勤務で死ぬ危険があるというのに、医師の超過勤務の制限は月一五五時間！　実情はもっと多いための制限だ。

それに開業医と違い、勤務医の所得の実情を知れば、唖然とするだろう。医療の現場には今も、契約も保証もない無給で働く研修医がいる。

勤務医は外来だけでなくほかの病院もかけ持ち、多くの入院患者の回診もしなくてはならない。これでは眼が行き届くのを望む方に無理がある。

この入院中に偶々遭遇した状況を、参考として書いておく。

矩子と並びカーテン一枚の隣りのベッドには、多分胃ろうの、認知症末期で体も委縮した患者が横たわり、呼吸困難で苦しそうに声を上げ続けている。最後の日までこのまま苦しむのだろうか。

矩子にそっと、「可哀想に隣のお婆ちゃん死にかけて苦しんでいるよ、静かな部屋でなくてご免ね」。眼をつぶったまま肯く矩子が不憫でならない。矩子に耳栓を付けてあげたが、それも付けっ放しでは苦しいだろう。

夜中に眼をつぶって健気に耐えている矩子を想像し、私は矩子の心と一緒になったつもりで、長い夜を必死に耐えた。

このように耐えている時、優しく声をかけてくれた若い看護師が居たが、私には彼女が女神のように映った。どの様な親の元で育ったのだろう。

矩子も私も、贅沢との考えから、今まで個室は使ったことがなく、一五日間耐えたけど、遂に私の方が精神的に耐えかねて個室に替えてもらった。贅沢ができるわが身の罪悪感と伴に、その可哀想なお婆ちゃんを見捨てたような、後味の悪さに苛まれることになった。

矩子には「よく我慢したね」、と言ったら肯いて微笑んでくれた。その微笑みが不憫でいじらしい。

この話を医療に従事する友人に話したら、その友人の胃ろうの現場での、次のような実体験を話してくれた。

それまで見舞いに来なかった身内が来て、患者の保険が満期になったので医師に胃ろうを外すよう要求して口論になったという。保険のために胃ろうを外せとはどういう意味か、倫理の問題とはこれだったのか、これ以上は辛くて書けない。この世の地獄は貧富の差にあると私は思う。

そのような日々、多忙な医師との連絡に数日を要し、矩子の容態の変化への薬の調合も遅れて効果が追い付かず、快活だった矩子が擽っても突いても反応を示さなくなった。私が指で眼を開かせても私を見ないで閉じてしまう。新しい胃ろうに替えるのにひと月もかかったのは予想外で辛かった。

入院来二か月、時だけが過ぎていく。私は矩子を守れない焦燥感で夜中に脳に異様な感覚を憶え、矩子を残して狂ってしまう恐怖に襲われた。

私はその朝、開院前に行き担当医と面会し、以前矩子が入院していた認知症の病院に、矩子の薬を調合した多くの記録があるのを説明したら、直ぐに転院させることになり、矩子の病状を子細に書いて持たせてくれた。

矩子の担当医は個人的に矩子をホームに見舞いに訪れた程の、患者想いの人だ。矩子が旅立った後にこの医師に礼状を出したら、私のライフワークへの支援金が贈られてきた。感謝を込めて書いておく。

転院先の病院では、直ぐに医師に会える態勢なので有難い。ここの医師は認知症を専門とする医師の全国ネットワークに属していて、夫々の臨床の場での多くの情報を交換し合っている。患者には心強く有難い仕組みだ。記録を見てすぐ薬を調合して貰えた。その結果一〇日目に矩子が眼を開いて私を見たのだ。矩子がこの世に戻ってきてくれた、というのが私のその時の実感だった。

次の一〇日間で手が動くようになり、更に一〇日間で、「有難う」の声が出た。私は全身の力が抜け落ちる程嬉しかった。それと共に、薬の効果とその調合の難しさ恐ろしさを思い知らされた。

しかし矩子に微笑みは戻ったが、入院三か月の闘病で矩子は痰が溜り易い身体になり、寿命は一段と短くなっていた。

退院することにはなったけれど、痰の吸引回数の多い状態ではホームでの対応は難しいという。矩子の帰る先が突然不確実になったのだ。ホームへの受け入れの可否は当然ながら医師と相談して決める。私に相談しても仕方ないのだろうが、ホームの仲間ではなくなったようでとても不安だった。

結果は理事長の好意で、三か月振りに矩子の好きな明るいホームに帰ってきた。ホームでは皆さんが「矩子さんお目出とう」、と歓迎してくれた。

矩子は顔見知りの介護士さんたちに会えて嬉しそうだ。入院前のように明るく微笑んでいる。しかし、痰が溜ると眼をつぶってしまう。

矩子はついぞ、苦しいと言ってひとを呼ぶことがなかった。苦しくても、じっと目をつぶり健気に耐えているのを見るのは辛い。

矩子の我慢強さを知らなければ、容態の悪化を見落とす程だ。私はいつも矩子の横にいるので、矩子の表情で体温や苦しみの度合いも見当がつくし、そのような時の薬の調整も見当がつく。

長年の経験によると、入退院で医師が代わる時、老人や認知症患者の場合、薬の類や量の突然の変更には特に慎重な配慮が必要だ。

過去の薬歴を尊重し、身内の意見を取り入れて安心させた上で処方するのが望ましい。「安心の処方」は、薬の処方と同等に重要と考える。

矩子の場合、薬は、アリセプトしか無かった当初から、医師と私が協力し一緒に手探りで行なってきた一五年の薬の処方の蓄積があった。

日常の薬の管理は、掛かりつけの女性薬剤師に頼んで重宝した。薬剤師は地域の医師の処方の傾向と結果も熟知しており、忙しい医師に代り薬の説明をしてくれるし、市販の薬についても相談できるのでとても有難かった。

三か月前と違い、矩子の痰の量を減らすための水の量と栄養剤の調整がとても微妙だ。それに痰の吸引と、胃ろうへの栄養の注入の頃合いが難しい。注入後にまた痰が溜り咳が出始めたりするからだ。

栄養の注入後は、痰が溜っても最低三〇分以上経たないと痰を吸引しては危険と言われており、その間私はオロオロと見守る。

夕刻の、私の吸引と栄養の注入の頃合いが上手くいったときは安心だが、そうでない時には夜中に痰が溜り、苦しめるか窒息させる可能性がある。

私は、矩子から微笑みが消えたら安らかに旅立たせようと考えていたから、苦しませないよう痩せてもいい、徐々に栄養や水の量を減らしながら介護したい。安らかに送る時期のことを含めて相談に乗って欲しい。

しかし朝、訪問看護師が吸引する時には、それ程の問題は起きていないと日誌にはある。

そうであれば、私の栄養の注入の頃合いに問題がある筈だ。痰を吸引する私の技量は、矩子の眉間にしわが寄らないほど上達していたからだ。

そこで教えを乞いたかったが多忙なのが分かっているので、私の実施している吸引と栄養の注入時刻を分単位でメモに残し、助言を貰うことにしたが答えがこない。訪問看護を待っている多くの患者がいるのだろう。

その間、矩子が眼をつぶっているときに痰を抜いてあげると、眼を開けて日頃の明るい矩子に返ってくれるので私は話しかける。

「僕についてくるのは大変だったろうね。よく我慢してくれたね」、と言うと、「そうよ」、と微笑んだ。「眼をつぶったらぼくは寂しいよ」、と言ったら、眼を開きつづけてくれた矩子の心が、今は、不憫に想われてならない。

「大きな古時計」を歌ってあげたら、泣きそうに顔をくしゃくしゃにしたので慌ててやめた。矩子は「おじいちゃんっ子」だったので想い出したのだろうか、或は自分の死期を感じているのだろうか。

日誌とは別に介護士の方の残してくれたメモに、「介助の後で振り返ったら、矩子さんが手を振っていたので涙がでた」、とあった。

夜中の巡回の時、矩子が眼をつぶっていて「恒健……」と私の名前を呟いているのがはっきり聴こえた、とのメモも置いてあり嬉しく受け取った。

矩子は、どちらの気持で私の名前を呼んだのだろう。嬉しくてか寂しくてか、そのとき一緒に居てあげられなかったことに心が痛む。

眠っているときも、握っている私の手の指を人差し指で擦っているのは、半分夢の中での私への仕草だろうか愛おしい。このような矩子を見ていると私の技量を早く上げて、矩子の笑顔を増やし周りを喜ばせたい。

微笑んでくれる間は、矩子に私はできる限りのことを為し終えておきたく、吸引の講座の受講を希望したが素人は受けられないそうだ。今後も福祉政策が家族に痰の吸引を任すのなら、この研修は是非とも必要だ。

術もなく私は不安を抱え、朝の看護の方法を見学させて欲しい、と日誌に書いて待っていたら、一〇日ほど経ち私は話し合いの場に呼ばれた。

困ったときは「プロ」に任せて直ぐに連絡をくれたらいいと言う。しかしトリアージナース（緊急診療順位）資格が必要なほど忙しい彼女たちだ。

それを知りながら訪問看護師に来て欲しいと、突然電話するのは私にはできないし矩子も望まないと思う。看取りの最中かも知れないのだ。

現在の福祉業界の想像以上の人手不足と不充分な処遇は、最も重要な最前線で働く人たちに大切な、命の連帯意識と心の技量を蝕んでしまうだろう。

矩子は手のかかる介護五の身だ。これ以上の面倒をかけるのは心苦しい。矩子と私は少しでもひと様に面倒をかけないのが信条だった。そのために、人任せではなく私の看護の技量を上げたかったのだ。

矩子と私は、日本の福祉の現状の中で精一杯に尽くしてくれた好意に感謝しよう。このホームに出会い、多くの優しい言葉と素晴らしいひと時を与えて頂いた。私もこのホームの仲間であろうと努力し、ホームの理想の実現に協力してきたし、最後の時の覚悟の約束もしていたのだ。

部屋に帰ってきた私の顔を見た矩子が手を伸ばし、落ちる涙を撫でてくれた。矩子の顔は心が浄化されたように、穏やかに私を慰めてくれている。

「何だか心が綺麗になってきたみたいで嬉しい」、と言っていたのを想い出す。

もう矩子の体は三年余りも動けずに血が澱み、そこに色々な薬を飲み続けたので、心臓が耐えられなくなっていたのだろう。

矩子は、旅立たせてあげようと考え始めた私の心を察したようにその夜、旅立ちの日にも微笑むという、私との約束を本当に守り、優しかった介護士さんと私に微笑んでから眠りに就き、安らかな顔を残し、静かに旅立って逝った。

仏像のように薄目を開けた穏やかな顔が愛おしい。そのまだ温かい唇に、心を込めて私の唇を捧げた。

看取りの処置は私も一緒に、入居前からの約束通りホームの女性理事長が丁寧に美しく行なってくれた。矩子と私の謝意を表します。

夜が明けても、私と握り合っていた矩子の手は温かいままだった。

「矩子さん、六〇年も一緒にいてくれて有難う！」

こよなく愛しい妻だった。

スイスの山歩きを好んだ矩子

私の母と仲の良かった矩子、スイスの山小屋のテラスで

ゴルフ場の散歩で足をきたえる矩子

私の著書を私よりも大切そうに持ち歩く矩子さん

テニス倶楽部のレストランで

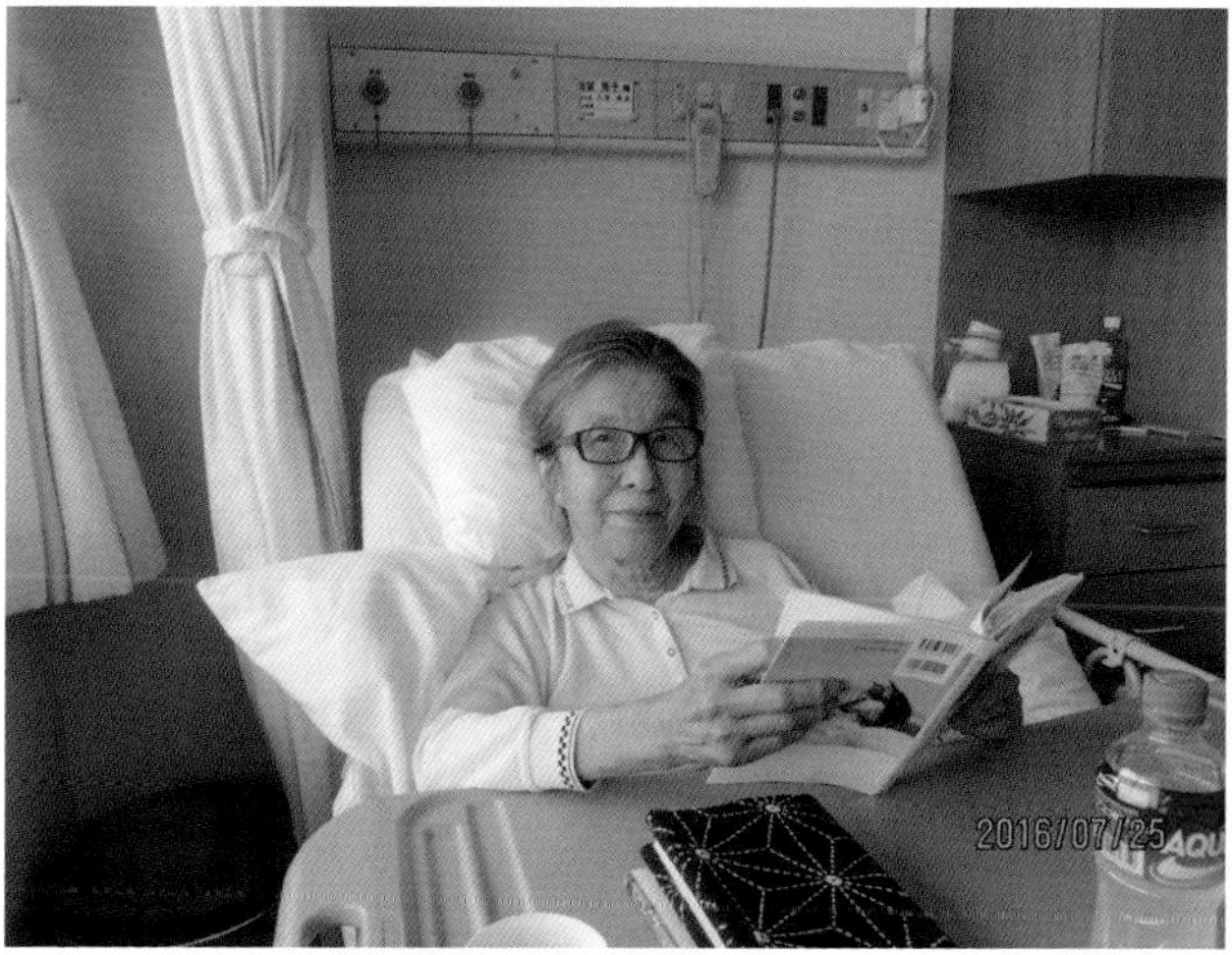

矩子骨折入院、まだ本に興味があった

最後の日まで微笑みをたやさなかった矩子さん

二人の子どもに希望をたくして

［付記］私のライフワーク

空から観た生命環境の危機 ── 中高生一般向き・基礎知識

環境問題の世界会議が多くなった。しかし現実は会議の度に対策は先送りになる。先送りするほど必要な対策は指数関数で大規模になり、それも一挙に実施しなければならなくなるのに、なぜか他人事のようだ。

地球の周辺までもが開発の欲望の対象になり、地球の上空にゴミの層ができはじめた。

地球上で人類のしていることを、月など、遠くから眺める感覚で観ると、人類は際限なくスピードのでる乗り物に乗って、霧の中を前方の遠くないところに確かにある壁の存在を知りながら、加速しているかのようだ。

文献によると一九八〇年の頃、人類の消費が地球の限界を超えてしまった。一九九二年には事態を憂えた科学者たちが、「直ちに対策を採らないと人類の未来はない」と警告した。それから更に三〇年近くの歳月が経った。

今すぐに急ブレーキをかけても、もう壁との衝突は免れない。如何に衝撃を少なくするかの局面に入ってしまった。

それなのに、いまだにもっと新しいエネルギーを注ぎ込んで加速しないとエンジンが止まるとか、ブレーキをかけるのは速度計が正確かどうか調べてからにしようとか、乗り物を造る人は更に速く走る物を造り、走るのを止めるのは政治家の仕事だ、と言っているように見える。

本能的な感覚では、固唾を吞むような状況にある。人類は、霧の中に突如壁が見えてから、欲望と消費への急ブレーキをかけるつもりなのか。

内容の拠りどころ

私は一九六〇年の初飛行以来、汚れいく地球を空から眺め続け、滞在先の環境破壊の凄まじい実態と貧富の差に衝撃を受け、地球の歴史や出回り始めた地球環境の文献を捜し、私が観た地球の状況に合致した論文と科学者の警告に基づき、この内容を書いた。

続く世代を想い、中学生に解るよう何度も書き直し、パソコンの校閲読み上げ機能の朗読二〇分余に纏めた。どうか読んで欲しい。

《水と緑、命豊かな美しい地球が続く世代に残りますように》これは命あるものの祈りといえる。

不安を煽りたくはないが、汚れいく地球を空から眺め、自らに問い考え、半世紀来、訴えてきた未来の展望を書いておきたい。

私が空を飛び始めた一九六〇年の頃、青空の下を離陸し、千メートル位を通過したら、その上に本当の碧空が開けていた。見下ろすと、薄茶色の空気がドーム状に都市を包んでいた。私たちはこんな汚れた空気の中に住んでいるのか、と驚いた。

副操縦士として航路を飛ぶようになり、私が見た世界の大都市は薄汚れた空気の底に沈んでいた。

年が経ち機長になった頃、以前は豊かな森で覆われていた南の国の多くの土地から森が消え、見渡す限り草原や農地や裸地に変わっていた。

北極圏で下に見る氷原は、雪融けの汚れと薄茶色の空気で真っ白には見えなかった。太平洋で以前はくっきりと見えていた水平線は霞んでしまった。

エベレストに登山中、シェルパが氷河の衰退を指摘した。中南米で登った高い山からも氷雪が消えた。

飛び始めた頃は都市の上だけだった薄茶色が、定年の一九九四年の頃には約一万メートルの、歩けば僅か三時間の薄さの、対流圏一杯に拡がっていた。

退職の約一〇年後、ヨーロッパアルプスの雪山風景が懐かしく、妻と行ったら、雪が少なく以前は足元まであった氷河が彼方に後退していた。

一九八〇年・消費が地球の限界を超えた

生命圏の危機は一九六〇年の頃、「水俣訴訟」やレイチェル・カーソン著「沈黙の春」となって、紙面上に姿を現した。

一九七〇年の頃、国連事務総長が「一〇年以内に世界の国が協力して当たらなければ、地球環境の悪化は人類の手に負えなくなる」と警告した。

同じ頃、「成長の限界」が出版されたが、高度経済成長中の企業にとって、警告は不都合であり、大国の政治によって無視された。

片や「消費は美徳」と欲望を掻き立てられ、役に立つと思わされて買った物が用をなさず、勿体なくて捨てられず周りに在る。このような世相の中……

一九八〇年の頃、大量消費の指標（エコロジカル・フットプリント）が、地球の限界を超えてしまったのだ。

超えた消費分は大気中の二酸化炭素だけでなく、数千万種と言われる人工化合物や核廃物の汚染物質になって残り、循環する水や空気や大地や生物内に広がり溜まり続けている。この溜まり続ける汚染に毒され、現在年に五万種もの生物が絶滅している。

そして大気中の二酸化炭素などの増加のために温暖化が進み、氷が融けて海面が上昇を始めた。

一九九二年に出された「人類の未来が失われる」という、世界の科学者たちの深刻な警告も、視聴率の低さに報道は一過性で終わる。

それは、考えるのもおぞましい未来を、私たちが政治任せにしてきたからではないのか。危機の概要を知れば、環境会議の動向や、その裏にある政治や企業の思惑も理解できると思う。

近頃俄かにプラスチック汚染が言われているが、農薬ほか既に地球の循環の中に広がっている、あらゆる種類の人工化合物の一つがプラスチックだ。

生物種の絶滅

消費が地球の限界を超えた一九八〇年の頃から、溜り始めた汚染と森林伐採で、総数千～二千万種と言われる生物種が姿を消し始めた。

今は年に五万種が消滅している。消滅の速さは、地球史上五回絶滅に瀕した時の数百倍も速く、単純計算で三百年程で絶滅する速さだ。生命圏は将に緊急事態にある。

異常気象の概念

経験したことのない竜巻の被害に驚いたり、豪雨豪雪が降ったり、異常な気象が増えている。原因は温暖化で大気中のエネルギーが増えたからだ。

水に熱（エネルギー）を加えると水蒸気になる。温暖化で気温が上がると大気中に水蒸気が増える。水蒸気が増えた分、大気中のエネルギーが増えるので台風や竜巻や積乱雲が巨大化し、豪雨豪雪になる。温暖化が進めば気象の強弱寒暖は更に激しくなるだろう。気団や海流の位置も移動する。

このように人に分かる程の変化の速さは、地球の歴史では一瞬の爆発現象に相当する。

大気の二酸化炭素濃度と海面上昇

一九五〇年の頃、石炭に代り安くて使い易い石油による大量輸送で、高度経済成長が始まった。

地球はまだ感覚的に無限に大きく、石油の出す汚染の処理は地球に任せておけばいい、と考えていた時代だった。その頃の温暖化の原因の二酸化炭素の濃度は三〇〇ｐｐｍだったが、石油文明に入り急に増え始めた。

一九八〇年の二酸化炭素濃度は三四〇ｐｐｍ、この年に消費が地球の限界を超えた証のように、北半球の氷が融け始め海面は上昇を始めた。

三〇年間で四〇ｐｐｍも増えたが、この量は地球歴では万年単位での変化量に相当する、驚異的な増加量だ。

二〇二〇年、南極氷も減り二酸化炭素濃度は約四一〇ｐｐｍ、一九八〇年来約四〇年間で更に七〇ｐｐｍも増えた。現在は年に二ｐｐｍ増加中だ。

二〇年後の二〇四〇年の頃、四五〇ｐｐｍを超えるのは確定的だ。重大なのはこの四五〇ｐｐｍの濃度は数千万年昔、気温が今より五℃程高く地表に氷はなく、海面が七〇メートル余も高かった頃の大気と同じ濃度だ。

この濃度が減らなければ海面高は二酸化炭素濃度と気温に連動しているので、七〇メートル余上昇する。その速さは百年で五メートルという痕跡が残っている。

気温と海面の歴史では、一℃の上昇で海面は五メートル、二〜三℃上昇で二五メートル、五℃上昇で七〇メートル程高くなった。逆に氷期に五℃低下で一〇〇メートル余も低くなる。

今のベーリング海峡は水深五〇メートルだが、氷期で寒かった数万年前、海面の低下でシベリアとアラスカは地続きだった。

地球温暖化防止会議の努力目標は一・五℃以内だが、既に一℃上がっているし、この努力目標を達成しても、海面は一〇メートルは上昇すると思われる。

一般的に、対策を採った後、地球の循環の巡りの遅れのために、効果が出るのは数一〇年先になる。

世界経済成長の限界とクリーンエネルギー

今の三％余の経済成長では、消費も汚染も二〇年毎に二倍四倍八倍と倍々に増えるが、地球は一つ、経済成長の持続が不可能なのは明らかだ。

消費が既に地球の限界を超えている現在、消費を更に倍増したら生産効率を如何に上げたとしても、「持続可能な開発目標ＳＤＧｓ」は現実味を失い、個人の懸命なリサイクルも省エネも吹き飛ばされる。

危機はクリーンエネルギー不足ではなく消費の出す残留汚染の倍増にある。危機は大量に造られる製品の製造の過程に出る廃物と、製品が消費され廃物になって地球の循環の中に残留することにある。

残留汚染が空気や水や土や生物の中に二〇年毎に倍増し、生命圏の劣化が急激に進んでいるのだ。

マイクロプラスチック問題

人類の自賛するオゾン層対策でも条約発効までに約二五年を要した。だが現在これでは遅すぎる。例えばプラスチック製造中止までに二〇年かかると、その間のプラスチックの消費と汚染は概ね倍加する。

プラスチックは微生物が分解し難い上、既に地球の循環に広がってしまったプラスチックを取り除くには、永い歳月と莫大な費用を必要とする。

温暖化と生物種の大発生

気温が変ると、温度への適応能力の差によって生物種の共存のバランスが崩れ、微生物や虫や大型の生きものまで、環境の変化に適応した種が大発生をする。

環境への適応能力の強弱の問題なので、程度の差はあれ、温暖化だけではなく、寒冷化でも雨の降り過ぎでも干ばつでも発生は起きると考えられる。

ウィルスは寒さに強く、永久凍土内で万年もの永い間生きているという。温暖化は地球の赤道と極では三倍違う。赤道付近の温度が一℃上昇すると、極では三℃上昇するのだ。

現在温暖化で永久凍土が融け始めているが、温暖化が進めば極地方の凍土の溶解は加速されて、凍土内に眠っていた色々なウィルスが地表に出てくるだろう。地球の歴史では平均二~三℃の上昇で、北半球に氷は無かった。

人類の未来が閉ざされる —— 科学者の警告

一九九二年のウェブサイト『世界の科学者から人類への警告』には、ノーベル自然科学部門受賞者の殆どの署名があり、科学的に最も信頼の高い警告だ。概要は「今この機会を逃せば一〇～二〇年の内に危機回復の機会は失われ、人類の未来は閉ざされてしまう」。

地球の循環の復元力の閾値を超えると、如何なる対策も無効になるという深刻な内容だ。

人類の知性を誇り科学を信じるなら、最高と認められた頭脳集団が警告した「人類の最大の危機」に、人はなぜ反応しないのか。この警告の時ですら遅い局面にあったのに、警告から更に二八年が過ぎた。

生命環境の劣化は加速曲線上を進むので、先送りするほど対策は厳しく大規模になり破局は急激に訪れる。

警告に眼をつぶり先送りしてきた色々な限界の壁が、二〇三〇年頃から、今の消費が倍になる二〇四〇年の頃にかけて、次々に押寄せ始めるだろう。

経済的には、二酸化炭素やプラスチックなど無数の人工化合物の残留汚染の除去費や、軍拡競争や原発の廃炉や核燃料廃物の管理費も加わり、費用が加速曲線状に増えて、社会構造の維持費が奪われている。

世界恐慌がきたら地球の限界を超えている現在、回復のために必要な消費の余地は残されていない。社会の維持費不足や紛争による消耗や疫病などでの、世界経済構造の劣化で人類は対策に窮し、人類社会の混迷が始まり、自然の力が人口を減らし始めるだろう。世界は国境争いこそ先送りにし、生命圏の劣化を少しでも少なく食い止める努力を先にして欲しい。

危機への対策と覚悟・残された希望

地球の循環量、命の連帯と貧富の差、若者と科学者の行動力、それに民衆の危機への基礎知識が鍵だ。

「諸悪の根源に貧富の差がある」。無限の欲望を容認し、消費を煽る経済である限り、貧富の差が拡大する。大量消費と環境破壊と紛争は、貧富の差を介して連動しているのだ。分かち合えば大量消費も環境破壊も紛争も減る。

注目すべきは「貧富の差の少ない福祉国家は世界的な危機に強い」ことだ。普段から社会が連帯し援け合い分かち合っているから人の心も安定し、疫病の蔓延やバブルの崩壊などの緊急時にも過激な対策や莫大な補正予算を必要としないからだ。

人は周りとの差がなければ平和に過ごせるのだ。自国の経済成長が目的の途上国への投資は、平和とは逆に貧富の差の元凶になっている。

生存への対策は先ず、世界の総生産を総人口で割ると、一人約一万ドルだ。この「一人一万ドルが個人の生き方を考える基礎」になる。併せて個々の「能力は偶然に生まれ割り当てられた」のだから、個人の才能が生んだ恩恵は、命全体の幸せのために分かち合うものと考えたい。

高額所得者は、自分の能力が何人分の恩恵を生み出したかを考えて見るのもいい。偶然自分に与えられた大きな恩恵を皆と分かち合えば、大勢の人の幸せによって増幅された大きな幸せを、自らの心に見出すだろう。

一つの地球の中で分かち合って生き延びる最も簡素な政策は、一人約一万ドルという現実を元に工夫し、所得に上限を設定して高率累進税による所得の再配分を考える。他に方法があるだろうか。

あるとしたら自国や自分だけが生き残る方法だろう。だが自分だけの生き残りを考える「命の連帯の本能を失った生物」が、高等な生きものの筈がないし、続く世代の命たちを、今よりも苦しめる存在になるだろう。

後述の分かち合い経済を実現している福祉先進国をモデルに、高額所得者の税制を所得制限付き高率累進にすれば、理想に近い世界になると考える。

更に生活様式を「地産地消」に戻す。物資の遠距離輸送が「地球の循環」を断ち汚染を増やすからだ。地産地消の生活は地球の循環に沿った最も自然で経済的な生き方だ。それに安い輸入物の多くは遠い貧しい国の資源と子どもを含む労働搾取で造られ、汚染処理費を含まぬ安い石油で運ばれてくる。

対外依存の政策は二割までを基本原則とすればいい。観光客や輸入が止まっても、腹八分なら我慢できるからだ。

大きな効果を期待できる対策は「自然の循環量」を増やす事業の税を免除し、循環量を減らす事業には高率累進の「循環税」を課す。実施すれば自然環境の崩壊は眼に見えて減り始める。

環境の劣化を減らすために、「循環税の党」は空想だろうか。若者は未来に関与し自ら立候補し、投票に行って欲しい。

そして生命圏の危機を最もよく知り最も憂慮している筈の科学者は、沈黙せず希望を捨てず、続く世代の命を想い、「少しでも劣化の少ない環境」が残るよう自ら率先して立ち上がって欲しい。政治家まかせにしていたら……

知性が積み上げた業績も宇宙や惑星の研究も、現存する子や孫も他の命も伴に、「人類の未来は閉ざされてしまう」から。

現状は既に「劣化した環境に生きる覚悟」が必要な局面にある。私は日本の敗戦の時の荒涼とした風景と生活が眼に浮かぶ。それでも生き延びた。

人の脳は、他の命と伴に生き伴に悦び繁栄するために与えられたものと私は思う。ほかの命の喜びの中に、自らの幸せを見出したい。

「命に善いものは美しくみえる」。そうと知覚すれば人や命や周りの万象が愛おしく、大切な存在に成っていく。

人類の希望と幸せは、例え便利な物が失われても、美しい水と緑と多くの「命との連帯」の中に見出せるだろう。

例え生命圏の劣化が進んでも、遥かなる太古の昔、一つの命から分かれた夫々の命たちは、営々と連帯し繁栄してきたことを人類は想い出して欲しい。

私は操縦士として、選りにもよって高度成長期を生き、生命圏を劣化させた人類の一人として、残された贖罪の日々を生きよう。

子どもが生まれたら、歩き廻る位までは自分の手元で育て、その後は保育園に子どもを預けて仕事に戻りたいと思わないだろうか。教育費をどうするか病気になったらどうしよう。

サラリーマンの核家族で保育園が足りず、誰かに謝礼を払って子どもを預けなければ働きに行けないとしたら、少子化は当然の成り行きと思われる。「高福祉・高負担」といわれるが、どのみち必要なお金を自分で払って子どもを育てるのと、税金を払って福祉制度に任せる場合と、どちらが高負担でどちらが安心して暮らせるのだろう。関心はあるが面倒な人に代わったつもりで福祉を調べてみた。

福祉先進国の状況を調べてまず驚いたのは、税金への考え方が私たちと全く違うことだった。

スウェーデンは福祉のために税金が高いと思われているが、選挙で「減税」を公約に掲げた政党が敗北したと資料にある。税金が減ったら福祉も後退するのが心配、というのがその理由だそうた。自分で福祉対策をとるよりも、税を払った方が見返りが大きいということだ。投票率も八〇%以上と高い。

初めに

私を福祉に結びつけたのは妻への介護だった。アルツの病の妻の横でこの原稿を書き始めた。

妻とヨーロッパに住んだ経験も少しは役に立つだろう。資料を繰り返し読み込んだが、理解違いも多いと思う。政策も変わっているだろう。だが……私が伝えたいのは、福祉の底に流れる「平等」と、人類が忘れかけている「命の連帯」の心だ。

福祉の良い点の強調し過ぎと思われるかも知れない。それは夫々の政策に漂う人の心の温もりに、私が反応したからだろうと、お赦し頂きたい。

スウェーデンの福祉は国でなく地方自治が主体なので、日本の県や市町村の福祉政策の参考になると思う。

スウェーデンの福祉の例と基盤

スウェーデンの福祉の分かり易い例を書いてみよう。

福祉政策の基盤は、裕福貧困を問わず、子育てや教育や病気や介護など、共通して必要な費用は社会が連帯し無料にする、という考えにある。この強みは社会構造の安定にあり、あらゆる危機への対応が容易になる。

働いて三〇%程の地方税を払えば福祉に守られ、子育てや教育費の心配もせず、病気や介護や失業しても安心して暮らせる。

政府は、子育てで親に失業されるよりも、保育所を造って子どもを預かり親に仕事を続けてもらう方が、税収も増え失業保険の支出も減り、生産性は上がり子どもも増えるという考えだ。

生後約一年半自宅で休業補償を受けながら子育てができる。その後職場に戻り保育所に子どもを預けるが、その費用は僅かだ。子育て中の病気には休業所得補填があり医療は殆ど無料、小学校から大学院まで学費は無料だ。親の介護からも家族は解放されており、老人も家族も安心して生きていけるという。

日本の競争社会には夢のような話だが、こんなに福祉重視で他の経済分野は大丈夫なのだろうか。

福祉国家の優越度

スウェーデンは生命環境への関心が大変高い。一九七二年に初の世界環境会議を開き、「環境税」を早々と採り入れ、二酸化炭素削減目標値も達成した。世界の貧富の差にも心を寄せ、対外援助ＯＤＡは国連目標を大きく超え、ユニセフを支援し、一千万人の国に万人単位の難民を受け入れている。

国力では労働生産性、国際競争力、世界情勢への対応力、創造性、改革性、人間開発、ＩＴ先進国、汚職の少なさ、どれもが世界の上位にある。

驚くのは個人の生産性でも富裕国の上位にいることだ。これは福祉政策が国家経済の繁栄を妨げていない証であり、福祉が貧富の差の激しい新自由市場競争社会の欠点を補っているといえる。

一九七三年、石油ショックと「新自由主義大国」の介入によるチリクーデターを境に、富裕国が新自由主義経済に舵を切り、世界は大きく変化した。それまでは南北問題だった貧富の差が富裕国の若者層に広がる一方、金融自由化の投機で膨らんだバブルとその崩壊が波状に世界を襲いはじめた。スウェーデンはその危機を乗り切るために、世界の情勢変化に対応できない破綻した企業の救済を拒否、何と名車ボルボ社をも救済しなかった。代わりに失業者の教育に多額の費用を投入し、失業者の生産能力を高めて優良企業に送り込み、法人税を下げ優良企業の国外への移動を阻止した。

この一連の政策で国内の企業力を高め、福祉と雇用を守り貧富の差の拡大を抑え、バブル期の困難を乗り切ったのだ。これがスウェーデン政府の危機への基本政策であり労働生産性が高い理由だ。

「新自由主義」は福祉も自由市場任せで貧しい人には辛い貧富の差の大きい社会だ。企業の存続が危ない時は人件費を合理化（解雇）する。それで回復しなければ多額の費用で企業を救済する。だが世界情勢に合わなくなった企業の救済は重荷の先送りになり、バブルからの回復を遅らせている。

経済危機の時の足枷は、日頃の企業献金とロビー活動だ。献金は合法化された賄賂或は汚職と考えれば分かり易い。

大きな政府・小さな政府論では、スウェーデンの企業税は安いが業績には厳しい「小さな政府」、福祉を通して国民を守る「大きな政府」といえる。

スウェーデンの福祉政策の概略を、項目毎に並べて次に書いた。

女性議員の数

議会での女性議員の数は五割弱だ。女性議員の多い理由は、夫婦が税制上別で扶養者ではないのが大きな要因のようだ。育児など福祉政策を男性議員が決めるのでは、男女平等な政策は望めない。

地方議員は地域の自分の仕事と兼業であり、政治と日常生活が近い。歳費はなく議会の時に交通費と日当が支給されるだけだ。

育児政策

特徴は発育期への手厚い投資だ。幼い時の育ち方で脳や性格が形成され、続く世代に大きな影響を与えるからだ。後からの投資は高くつく。ユニセフが幼児に投資しているのも同じ発想による。

生まれた境遇に関係なく、子ども全員、相続権を含めて同じ権利と福祉の元で平等に育てられる。

産後は親と過ごせるよう、年休と別に一年半近くの育児休暇と、最高八割程の所得補償がある。

男性には育児休暇の取得義務がある。長い休暇が女性に偏ると企業が女性を雇わなくなるからだ。その後、保育所に子どもを預けて職に戻るが保育所の支払いは僅かで済む。

子どもの義務教育の間は児童手当が支給されるのも有難い。一二歳以下の子が病気の時、親は看護休業として、年六〇日までの休業所得が補填される。成人前の子ども医療は、歯の矯正を含めて無料。

大学教育

貧困家庭に生まれた子の能力を開発しないのは「社会損失」であり、不平等との考えからも、小学校から大学院まで学費は無料だ。

日本の大学と違うのは入試がなく面接と高校の点数で入学が決まることだ。暗記力ではなく、面接での学生の心の見極めに重きを置いているのだろう。

大学に教養課程は無い。研究など一般学位の他、数一〇種の職業別の実学講座があり期間は三年から医学の約六年。職に就きたい講座を選び入学する。医師の資格を除き、「国家資格は大学が授与」する。弁護士資格を含めて大学の学位がそのまま国家資格になるので、入学しても勉強しなければ卒業は難しい。就学中、国の低利ローンや補助がある。

一般大学と別に職業大学があり期間は一～三年、企業の要請で専門職講座を一時期開いて資格を与える。職業の技術水準は国の責任との考えらしい。

成人のための高校

素晴らしい制度だ。高校でドロップアウトした人生を、いつでもやり直す機会を与えてくれる。日本にもこんな高校があったら、何と素敵なことだろう。是非取り入れて欲しい。個人も社会も蘇る。

過去に高校で失敗した単位のみを取れば、正式に卒業できて大学に行ける。その気になれば、学費は無料で低利ローンや補助を受けながら、大学院まで行けて望みの資格を取る道が開けているのだ。

教育休暇法

これも素晴らしい。在職中、自分の在り方を見直すために一年以内での休暇がとれる。終わると復職できる。給与の約七割の補填で生活が保障される。

税と地方自治の多様性

特色は政策と地方税とその実施の責任が国ではなく、地方自治体にある点だ。将に地方自治の国、高額所得者を除き一般の人に国税はない。

税率も自治体が決めるので政策の自由度が高い。異なった環境や資源や文化に合うよう、自治体独自の政策が可能であり、地方が多様性に富んでいる。

（注＝日本には地方交付税がある。地方自治の自由度は大丈夫だろうか）

地方には特有の文化や環境があり、国の税制と一律の法律では弊害が多い。法律の不備を条例で補わないと、地元ではなく他国の大企業や他県業者が法律で守られ、命の水は搬出され森は伐採され、大店舗進出で地元商店が消え、村人の絆は分断されて、残るのはパートの雇用だけになるかも知れない。

自治体の長が「国の法律だから仕方ない」と言えば、水や緑の生命環境は劣化し地方文化は衰退する。条例と地方税は文化と生命環境の砦だ。

地方所得税と福祉政策

税制上夫婦は別だ。別々に一率約三〇％の地方税を自治体に払う。一般人が払うのは地方税と消費税だ。働いて約三〇％の地方所得税を払えば福祉に守られ、日々安心して暮らせる。一般人に国税はない。

福祉政策上の特徴は県が医療を、市町村が保育・教育・介護や障害者の政策を受け持ち、福祉への税の配分の殆どが現金ではなく、施設と社会サービス、いわゆる現物で提供されるので、福祉の構造が良く理解できる。

税が保育や教育や医療や介護の現場に使われるので、使い途がよく見える。

高額所得者のみ（国税）――分かち合いへの希望の税制

高額所得者は地方税の他に国税二〇～二五％を払う。計五〇％余の税だ。「この税制の改革に人類が連帯して生きる希望がある」と考える。

（注＝日本の戦後、累進税七五％の時期があり貧富の差が少なかった）

消費税の現状

二五％と驚くが、誰もが必要な教育、福祉、医療など高額な費用は殆ど無料であり、生活必需品は税を軽減されるので、想像する程の負担感はない。

法人税（国税）

一般人と逆に、企業に地方税のないのが特徴だ。国力が落ちないよう優良企業を国内に留めるために企業税率は低い。低くても業績良ければ企業税収が増えて雇用も納税者も増えるので、税の総収入も増えるという。

社会保険料

企業は福利厚生に替え、社会保険料（給与税）として社員給与の支払い額の約三〇％を国に支払う。企業にはかなりな負担だが、社員の厚生費も交通費もボーナスも退職金の支払い義務もない。一方社員は、税の控除で実質上社会保険料を払っていないのも大きな特徴だ。

環境税

一九七二年に初の世界環境会議を開き、世界に率先して環境税を設定し、二酸化炭素削減の目標もいち早く達成している。エネルギーにも課税しているが、それでも、国是としての企業の競争力は世界の殆ど最上位にある。

同一仕事・同一賃金の利点

この目的は労働者のためというよりは、国の競争力の向上にある。これは強い企業の強化に有利な賃金であり、利益の低い弱い企業には不利になる。弱い企業の切り捨てのようだが、倒産の場合の失業者への手厚い政策と、企業の税の優遇をみれば、「企業全体の向上と国力の強化」を目指している。同一賃金では競争心も湧かないとの思惑に反し生産性が高い。賃金に格差がないと経済が都市に集中しないので密集せず、土地や住居費や通勤費が安く地方は住み易い。妬みも少なく人心も安定する。施政上の大きな利点だ。

雇用の形態

被雇用者は全員正規雇用。無期（日本の正社員）と有期雇用があり、無期雇用も有期雇用にもフルとパートタイムがある。全員正規雇用だからパートで失業しても社会保障に守られて安心して過ごせる。

パートも正規雇用で社会保障も同じ条件なので、一時間当たりの人件費は同じになる。パート社会の日本にも是非採用して欲しい制度だ。

（注＝日本の非正規雇用に事実上社会保障はない）

人材派遣業は特殊だ。派遣員の雇用は派遣する会社の無期雇用が原則で、派遣先が無い時は約九割の基本給が払われ、派遣切りで路頭に迷わずに済む。

年休とその他の休業補償

特徴は休暇が多いこと。週労三五時間余で残業は殆どない。年休は五週間、当然に消化されている。

年休とは別に、育児休暇や子どもや自分の病気の時の長期休業や、在職中一年間の自己研鑽用教育休暇など、最高約八割の所得補填付き休暇が多く、いつ働いているのかと思えるほど自分用の時間が多い。

それでも一人当たりの生産性が高い。勤勉な日本の生産性はなぜか低い。個人番号の導入で重複複雑な手続きは無くなるのではなかったのか。

不況を好機に代える失業政策

大きな特徴は、失業者を救済の対象としてではなく、不況時を失業者の生産性を高める教育期間と捉え、国防費に比する多額の国費を投入して再教育し、強い企業への人材供給源にしている点だ。教育による生産性の向上は、国防力と同等に大切という考えだ。

失業手当は一四か月。自らの再就職が困難な場合、手当を受領するには教育訓練の受講が義務となる。遊んでいて失業手当はもらえない仕組みだ。

解雇のルールが法律で明確なので、労働者の移動が簡単容易なのも特徴の一つであり、経済変動での解雇や転職の時に、労使ともに対処しやすい。

医療

治療費は自治体が地方税収内で払うので、診療を受ける前に治療が必要かどの病院に行かせるか、「熟練相談員」が判断する。相談員の心の質と信頼性が医療の在り方と民の健康と医療費の支出を左右する、制度上で重要な立場だ。緊急を除き治療まで時間がかかるが、医療水準は高いとのことだ。

患者の支払いには上限があり僅かな負担で済む。

年金

特徴は年金に最低保障額がある点だ。難民など滞在期間が短い場合、通常計算では年金額が少な過ぎることへの、生存への基本的な配慮だ。

年金の財源は、給与の一八％強が源泉徴収で国に入る。受給の開始年齢は選択制で、働ける高齢者の就業と納税を促している。

住宅手当

大きな特徴だ。別口に住宅手当が支給されるので、緊急時に少なくともホームレスにならないで済む。住居は生活と心を安定させる。福祉として優れた政策だ。生存への基本的な配慮として、日本も是非取り入れて欲しい。高齢者や障害者や子持ちで低い所得の若者、或いは生活保護の人も安心して住める。

老人福祉

特徴は住宅手当が別口にある点だ。高齢者は住宅手当と年金と医療制度の三つに守られ、家族から自立した形だ。家族は老人介護の負担から既に解放されており、介護は連帯社会の中で行われている。

在宅介護の是非が検討され、介護度の高い高齢者の介護は、施設に比べて在宅の方が三割程介護費用が高いとの結論だった。それを基に在宅介護政策を立てている。日本でも同じ結論になると思われる。

障害者福祉

障害者も積極的に社会で生きられるよう、肢体の障害なら学校は普通学級に学ぶ。重度の障害の場合や聴覚や知的障害のある人には、別の学校がある。障害者も色々な援助を与えることで可能な範囲で働かせ、税金を払わせ、福祉で守って安心させる。

生活保護

福祉が充実し貧富の差が少ないので保護を受ける人は少なく、保護費の予算も少ない。福祉制度に収まらない人を見捨てない最後の砦になっている。

住宅手当があり、医療は殆ど無料、それに日々の衣食を保障して国の生活最低基準を満たしている。

ホームヘルパー職の重要性と普及政策

ホームヘルパー職は家政に限らず、育児や介護を含む専門性の高い、核家族社会に重要な職業として大学に講座を設けて資格能力を与え、言われたことだけをする「お手伝い」ではなく家庭を任せられる、正規雇用での産業化を目指している。

産業化でのホームヘルパーの需要を促すための「税の控除」がある。例えば、私費でホームヘルパーを利用すると年六〇万円程を上限に税控除を受けられる。

―日本のホームヘルパーについての付記―

孤立高齢化の日本も、良質な介護や訪問看護や質の高いヘルパーの需要が多いが、育成不足で供給が追いつかない。夫々大切な職業として社会の認知と処遇が必要だ。

この人手不足に備えて女性の社会進出が言われるが、税制を工夫して働かせたら税も納めてくれるのに、収入が百万円を少し超えると、配偶者控除や健康保険がなくなり、働く意欲が削がれて人手不足になる。人件費の安い国から教育実習援助と称して人を呼ぶのは問題が多い。

福祉国に習い、大学に講座を開き、学費を補填し地元の人に資格をとらせ、ヘルパーや介護士や訪問看護師を育てた方が雇用も税収も増え、地方福祉の包容力が増すだろう。

質の高い家政や医療に守られて、独り身老人の移住でも、穏やかで住みやすい「終の棲家」になるだろう。

家政や保育や介護や看護やリハビリは命を見守る繊細な心を必要とする。患者との対話が困難な場合は家族に寄り添い、患者と家族の幸せは何かを見極めたり、幼児老人の緊急時の対応など、大切で甲斐ある仕事に見える。

北欧福祉社会が上手く機能しているのは、教育訓練で高い能力と資格を付与し、質の高い人材を蓄え、税政策で給与と雇用を増やし納税者を増やし、自治力を高めるという、基本方針があるからだ。

大きな政府・小さな政府と世相の風刺

私が社会に出た六〇数年前の日本では、企業が福利厚生を受け持つ企業家族社会をなしていた。中小企業は大企業の傘下に入っていた。

入社したらお湯の出ない独身寮、夏冬ボーナスで半年毎のツケを払い、結婚し配偶者手当に社宅住まい、年功序列で六〇歳、退職金で家のローンを払い終え、厚生企業年金は会社が半分を積み立ててくれた。

累進税率七五%で貧富の差も小さく、重役の給与は安く皆が中流意識で、敗戦後の幸せ感があった。

しかし女性の社会進出は抑えられ、三〇歳で慣例退職、その前に結婚したら辞職して家に入った。

このような中流意識の世相の中、「新自由主義」という世界の欲望市場競争に負けるからと、企業が福祉を返上したのだ。けれど福祉を企業任せだった政府は、福祉には元々小さな政府だった。

その小さな政府が更に小さな政府を目指し、返上された福祉を、家に居て家族に尽くす日本の昔の女性の美徳に頼り、既に核家族に向かっていた夫婦の家に持ち込んだ。その結果、諸々の悩みが孤別の家に押し込まれた。

男は変わらず夜中に帰宅、育児困難で離婚と独身が増え、老人は「老々介護」か子どもが介護で失職し、引き籠る子や大人で家庭は崩壊した。

七五％累進税の大幅引き下げや非正規雇用政策で、「貧富の差」が一気に広がり、路上の生活者が増え、心も凍る犯罪でTVは正視に堪えなくなった。路で子どもに声をかけたら尋問を受けた。続く世代の子どもに人を信じて生きる心が育つだろうか。

裕福なのに貧富の差が大きく、非正規雇用の最低賃金で社会保障もなく働く人の多い、日本の福祉の評価と女性議員の数は、世界中で驚くほど低い。

新自由主義市場で欲望の自由と消費を容認する限り、「諸悪の根源の貧富の差」の消えることはない。

世界総生産を人口で割るとひとり一万ドルだ。一億円の年収の人は人類の中での自己の幸せの在り方と、貧富の差の功罪を想うのも良い。

理想の福祉

スウェーデンの福祉を見れば、女性も自立して働くことを奨励する、一見個人主義の社会だ。しかし政策の心を理解し改めてスウェーデンの福祉を見れば、人の絆に包まれた家族に思えてくる。

この国の、人や命への優しさが、自国に留まらず世界に普遍的なことは、障害者や難民の受け入れや地球環境への率先した取り組みに見てとれる。

二度の世界戦争の苦しみの中、一九二九年の恐慌以来、福祉社会を提唱し続けたスウェーデンの学者で政治家だったミュルダールは国家福祉ではなく「世界福祉」を理想としていた。連帯の心が薄くなった現在の世界で、その理想が今切実に求められる状況にある。

貧富の差の少ない福祉国家は世界的な危機に強い。普段から社会が連帯し援け合い分かち合っているから人心も安定し、緊急時にも過激な対策や莫大な補正予算を必要としないからだ。

福祉と生命環境の今後

ここ数一〇年棲み難くなったのは福祉の「平等」への反発や、欲望の自由化で他の命を顧みる連帯の心の薄れた人類の消費が、一九八〇年の頃、地球の限界を超えたことに関連がある。

二〇年毎に倍々増する消費の出す汚染のために、地球環境が急激に劣化を始めてしまった。生命圏の劣化度は眼に見える程、加速の局面に入った。

先送りした多くの困難が団塊になり押し寄せ始めるだろう。プラスチック問題はその先駆けだ。

姿を現し始めた生命圏の危機を前に、人類は人の絆、「命の連帯の本能」を取り戻して欲しい。

おわりに　子どもたちへのお詫びの心をこめて

原稿を書いている内に、半世紀以上も昔の私のあだ名、「執念」と「猪突」を想い出し、私の性格をよく表現しているのに驚いた。そして私の精神状態を少し、普通ではないような気持ちでいる。

何かに打ち込むのは良いことと思うし、私の色々な夢を応援してくれた人が多くいたのは、この私の性格に好意を寄せてくれたからだろう。けれど、私が困らせた人も多く居たと思う。

私の性格の影響を一番大きく受けたのは、当然ながら寝食を一緒にしている妻の矩子と子どもたちだった。私は八六歳、残された時は少ない。それで、この本を、子どもたちへのお詫びで終えることにした。

矩子は私の心と行動に懸命についていくのに苦労したが、忍耐と希望と、二人一緒に費やし合える長い年月の余裕があったので、多く命の豊かな自然の恩恵の中で、矩子と私は幸せな境地に落ち着いた。

しかし子どもたちから見た父親は、何か抽象の世界に住んでいて、家庭の団欒のときに何を言い出すのか、その意味も分からず、気軽に話せず近寄り難かっただろう。それは、「二人で空へ」の中の、姪の手紙によく表れている。

私が、今で言うＤＶの叱り方をしたのは、子どもたちの心や行動が「ほかの命を想い遣る心」に欠けたときだけだ。

この抽象的な「想い遣る心」を、三つ子の魂百までを私は信じ、私から子どもたちへの「最も大切な贈りもの」として、幼い心に植え込もうとした。「パパは意味のないことで怒る」、と子どもは言っていた。

それが身についていれば、それに「有難う・ご免なさい・お願いします」が言えさえすれば、親が居なくてもどんな世界にでも生きていける、と私は考えていた。自らの幸せと周りの命の幸せへの最短の路に想えるからだ。

矩子と同じく、私は人一倍の愛を子どもたちに注いできたと正直に想う。

私は子どもたちの心に、命への優しさの芽吹きを見たとき程嬉しかったことはない。

娘には落ち葉を踏まないような優しさがあったし、思春期の前までは私と結婚すると言い張っていた。息子は猫を可愛がり、スキーや旅行には、よく二人で出かけた。パパの子に生まれて良かった、と言ってくれたこともある。

子どもが社会の掟を破った場合、私は何も言わず一緒に悲しみ、ただ抱きしめてその後始末をしてきた。

私の最後の記念のフライトにも、子どもたちは自ら駆け付けて一緒に搭乗してくれたのだ。

私は子どもが優しく育たないのは親の愛が足りないからだと単純に思っていた。育て方の上手下手はどうであれ、与え続ければ心は届くと信じていた。

しかし私が子どもたちに与えたのは、子どもの幸せへの私の祈りが強いほど、子どもたちの心に届いたのは、私の「苛立ち」だったのだろう。

私の究極の夢は、アラスカでの生活に求めたように、子どもたちを含めた矩子と私、四人の絆だった。

この心を親知らず、わが子に心が届かず、失意のうちにこの世を去った、数しれない親たちと同様に、私も子どもたちに希望を託し、心を込めて謝りながら、矩子につづいて私は、素粒子の流れに戻り、宇宙への果てしない、永い旅に出る。

二〇二〇年初夏

岡留　恒健

［著者紹介］

岡留恒健（おかどめ　こうけん）

1934 年、福岡県福岡市に生まれる。

1956 〜 1957 年、テニスのデビスカップ日本代表。

慶応義塾大学卒業後、日本航空に地上職で入社。熱望し操縦士に転向した。

機長としての飛行時間 14000 時間。総飛行時間 17000 時間。

日本航空を通じて約 30 年ユニセフ普及に従事、日本ユニセフ元評議員。

夢みるこども基金元理事。

1986 年、エベレスト登山、約 8100 メートルまで。酸素ボンベは不使用。

現在、美しい山々に囲まれた山梨県北杜市に住む。

著書

『機長の空からの便り──山と地球環境へのメッセージ』山と溪谷社、1993 年

『永い旅立ちへの日々』現代企画室、2012 年

『人類の選択のとき』現代企画室、2014 年

1980, Growth beyond the limits of the Earth［Kindle 版］ゼロメガ社、2016 年

『成層圏からみた人類の危機』*Crises of Humanity: As seen from the stratosphere since 1960*, 2016 年

＊『成層圏からみた人類の危機』は、ウェブサイト https://okadome.info で公開している。日英版の PDF をダウンロードできるほか、英語ナレーション付の動画（YouTube）も視聴可能。

命に善いものは美しい
旅立った妻への想いと命の連帯への祈り

発行　: 2020 年 8 月 20 日初版第 1 刷
定価　: 1600 円＋税
著者　: 岡留恒健
装幀・装画 : 上浦智宏（ubusuna）
発行所　: 現代企画室
東京都渋谷区猿楽町 29-18 ヒルサイドテラス A 棟
Tel. 03-3461-5082　Fax 03-3461-5083
e-mail: gendai@jca.apc.org
http://www.jca.apc.org/gendai/
印刷・製本 : 中央精版印刷株式会社

ISBN978-4-7738-2005-8 C0036 Y1600E